FAITS DIVERS ET AUTRES CURIOSITÉS

Lafrance éditeur

Du même auteur :

Pour adultes

L'Arracheur de rêves (La Veuve noir éditrice, collection Le treize noire, 2008)

Pour adolescents

Y a-t-il un héros dans la salle? (Soulières éditeur, collection Graffiti 22, 2004)
Le pays des Yeux-Morts (Médiaspaul, Jeunesse-Pop 158, 2005)
Princesse à enlever (Soulières éditeur, collection Chat de gouttière 17, 2005)
Mary la sanglante (Isatis, collection Korrigan, 2006)
Y a-t-il un héros dans la salle no 2? (Soulières éditeur, collection Graffiti 39, 2007)
L'Ombre de la bête (Les éditions Z'aillées, collection Série Obzcure, 2010)

PIERRE-LUC LAFRANCE

Faits divers et autres curiosités

Contes

Lafrance éditeur

Maquette de la couverture : Patric Chaussé

Correction : Françoise La Roche

Illustrations :
P. 9 Virginie Hamel
P. 25 Karen Éloquin-Arseneau
P. 35 Joe la Jolie
P. 45 Marianna LaHaye-Picard
P. 61 Marie-Hélène Comeau
P. 71 Guillaume Robert
P. 81 Anne-Marie Lemaire

Lafrance éditeur
23-B, Dieppe Drive
Whitehorse (Yukon)
Y1A 3A9

Dépôt légal - 2e trimestre 2015

ISBN 978-2-9815125-1-2

www.arracheurdereves.blogspot.ca

Au Yukon, qui m'a inspiré plus d'une fois;
ce n'est qu'un au revoir.

Aux artistes, qui m'ont fait confiance avec ce projet;
merci à Virginie, Karen, Josée, Marianna, Marie-Hélène,
Guillaume et Anne-Marie.

Merci aussi à Françoise, à Patric et à Marcelle,
pour leur aide inestimable.

Merci à l'équipe de l'AFY,
sans qui ce projet n'aurait pas vu le jour.

Enfin, merci à Marie-Pierre et aux enfants,
pour tout le reste.

Introduction

On me demande souvent pourquoi mes histoires versent dans le fantastique. Je réponds habituellement par une boutade, cependant, la vérité c'est que nous vivons dans un univers fantastique, un univers où la magie occupe une place de choix. Ne pas en tenir compte, c'est écarter tout un pan de la réalité.

Lorsque j'étais au secondaire, on a eu la visite d'un membre de l'organisation Les sceptiques du Québec. Je ne me souviens plus de tout ce qu'il a raconté, mais voici en gros ce que j'en ai retenu : malgré notre volonté de tout expliquer, il demeure des zones d'ombre qui échappent à notre effort de rationalisation. Il a fait un lien avec un gars qui perd ses clés de voiture la nuit, il va concentrer ses recherches dans la surface éclairée par les phares de son automobile. Eh bien, cette image s'applique à notre rapport à la réalité : on écarte l'obscurité qui nous entoure.

Je vous invite à me suivre dans ces zones d'ombre. La méthode sera contaminée par ma pratique professionnelle. Pendant la majorité de ma vie adulte, j'ai travaillé dans le domaine du journalisme. J'ai donc procédé à des centaines d'entrevues. Je vous convie à découvrir différents portraits d'individus que j'ai croisés au cours des dernières années, des gens qui m'amènent à croire que oui, nous vivons bien dans un monde magique.

Alors, venez avec moi boire une bière avec les dieux nordiques, marcher sur les traces du temps incarné en homme, apprendre que notre part d'ombre peut devenir bien tangible. À travers ces rencontres, j'ai constaté que les sirènes ont également des défauts, qu'il ne faut jamais suivre un étranger, que nous sommes tous des faits divers, que les mots peuvent pousser aussi bien que les plantes, mais surtout, que nier la magie, c'est nier le monde.

Je suis sûr que si vous cherchez dans votre propre mémoire, vous allez repenser à des moments qui viennent remettre en question notre bel ordre établi.

Et lorsque l'impression de vertige sera à son comble, il y a un truc bien simple pour éviter de sombrer dans la folie. Faites comme nous le faisons tous, dites-vous que tout cela relève de la fiction, que tous les phénomènes surnaturels de ce monde trouveront leur explication un jour.

Comme le vent qui s'écoule entre nos doigts

© Virginie Hamel

J'étrennais mes 19 ans depuis quelques jours quand je suis arrivé en Islande, ultime arrêt de mon périple de six mois en Europe.

À mon arrivée à Reykjavík, j'ai été stupéfié par le soleil. Il était près de 22 h, et il brillait encore haut dans le ciel. Depuis que je vis au Yukon, ça m'en prend pas mal plus que ça pour m'impressionner, mais à l'époque, c'était mon premier soleil de minuit.

Comme j'avais déjà dispersé presque toutes mes économies aux quatre coins du vieux continent, je ne pouvais rien m'offrir de mieux que l'Auberge jeunesse de la ville. Et encore, la nourriture est si chère dans ce pays nordique, que je mangeais à peine un repas par jour.

J'ai eu l'occasion de me faire un ami, Hans, un gars qui travaillait à l'Auberge, un des rares locaux que j'ai croisés qui s'exprimait en français. Un week-end, alors qu'il était en congé, il m'a proposé de l'accompagner dans sa famille qui vivait dans un petit village à moins de 100 km de lla capitale – j'allais apprendre plus tard qu'à cause de l'état de certaines routes, il fallait compter deux heures pour faire le trajet. J'ai accepté, d'abord parce que je le trouvais sympathique, mais aussi parce que cela m'offrait l'occasion de manger sur le bras.

En chemin, il m'a entretenu sur différents aspects de la culture islandaise. Je n'ai jamais eu l'âme d'un anthropologue, alors j'en ai oublié de grands pans, mais je me souviens de deux choses. Il m'a expliqué qu'il y avait un côté aliénant à vivre sur une île. Il m'a raconté qu'un de ses cousins qui vivait sur la côte partait régulièrement en voiture pour traverser le pays de part en part, comme pour se prouver que l'océan ceinturait bien l'Islande. Remarquez qu'avec le sens de l'humour de Hans, je ne sais pas si je peux donner du crédit à cette anecdote.

Il m'a expliqué qu'il y a de nombreuses façons de saluer en islandais. Cela dépend d'une foule de facteurs : le sexe de notre interlocuteur, la marque de respect qu'on veut y mettre, etc. Il m'a donc obligé à pratiquer une phrase pour saluer les dames. Une sorte d'entrée en matière respectueuse pour gentleman. Je n'en demandais pas tant, mais il m'a assuré que c'était la meilleure façon d'entrer en contact avec les Islandaises... et comme elles étaient particulièrement jolies et moi assez peu habile pour aborder les étrangères, je me suis mis à répéter encore et encore.

Quand on est arrivé chez lui, j'ai été poli avec sa mère, toutefois je n'ai pas usé de mes rudiments de la langue locale. Je me suis contenté d'un mélange de français et d'anglais. Quand on est sorti, Hans m'a fait une crise. « Je ne t'ai pas appris la politesse pour que tu insultes ma mère en lui parlant des langues barbares. » Penaud, je lui ai promis de faire mieux la prochaine fois. L'occasion suivante s'est présentée une heure plus tard dans un bar de la place. On a rejoint ses amis et il y avait une jolie blonde qui me plaisait beaucoup, alors je l'ai salué avec autant d'aplomb que me le permettait ma maîtrise rudimentaire de sa langue. Et elle s'est mise à rire, bientôt imitée par le reste du groupe. Je me suis alors rendu compte qu'on s'était foutu de ma gueule. Une fois traduite, la phrase donne quelque chose comme : « Je veux te faire l'amour. » Mais en plus vulgaire.

Je m'en suis tenu à l'anglais pour le reste du weekend.

J'ai visité ensuite le reste du pays sur le pouce pendant une dizaine de jours avant de revenir dans la capitale.

En épargnant sur tout, j'avais réussi à passer à travers mon séjour de trois semaines. Toutefois, la dernière nuit, une fois mis de côté l'argent pour regagner l'aéroport en taxi, il ne me restait plus assez d'argent pour me payer une chambre. C'était d'autant plus embêtant que je repartais à 8 h le lendemain matin pour le Québec.

Dix ans plus tard, je me souviens encore de la scène : j'ai vidé toutes mes poches, plusieurs fois, pour m'assurer de ne pas oublier la moindre monnaie. Et j'ai compté et recompté mon maigre butin. Malgré tous les calculs, j'ai dû me rendre à l'évidence : j'étais fauché.

Il faut dire que, contrairement à d'autres jeunes croisés lors de ce périple, je ne voyageais pas avec la carte de crédit de papa et maman. J'avais travaillé dans un abattoir pendant plusieurs mois pour amasser mon argent. Avec ce travail débilitant sous une chaleur étouffante, la seule façon de ne pas devenir fou était de m'évader en songeant au périple que je ferais avec cet argent. Souvent, je m'enfermais dans les toilettes pour lire mes guides de voyage, car c'est le seul endroit où je n'étais pas surveillé. Le soir, je faisais souvent des cauchemars en imaginant les beuglements des cochons.

Toutefois, je n'ai jamais regretté ces sacrifices. En fait, pas une fois je ne m'étais ennuyé de la maison. Sauf ce soir-là. Seul à Reykjavik, à quelques heures de mon retour. Sans le sou. Je me suis mis à penser à mon lit, à ma chambre, à ma vie. À mes parents même. Je me sentais bien loin et bien seul.

Tous mes calculs m'ont mené à la même déduction : il me restait à peine assez pour un dernier repas. Ou pour me payer quelques consommations. Assurément pas suffisamment pour les deux.

La solution la plus raisonnable aurait été de m'assurer de manger. Cependant, j'ignorais quoi faire du reste de la nuit. Comme je voulais écouler le plus de temps possible avant de rejoindre l'aéroport, je suis allé dans un pub pour y boire quelques bières dans l'attente de l'aube. J'espérais noyer mon vague à l'âme dans l'alcool. À la fermeture, je comptais prendre le chemin du terminal – pour éviter de trop dépenser, j'avais glissé dans ma poche gauche assez d'argent pour m'y rendre en taxi – afin d'y patienter les dernières heures avant mon vol.

C'est ainsi que, tard dans la nuit ou tôt le matin, j'ai fait sa connaissance dans ce petit pub bruyant et chaleureux de Reykjavik. Comme quoi on ne peut pas prévoir les rencontres significatives dans nos vies.

Assis dans un coin, accoté contre mon énorme sac à dos aux couleurs défraîchies, je regardais déambuler les Islandaises du coin de l'œil. Je cherchais la force de les aborder. Mais bon, après mon expérience des bonnes manières locales, je n'osais plus approcher les belles demoiselles de l'endroit.

Je suis donc resté seul à siroter ma bière, histoire de la faire durer le plus longtemps possible. Bercé par le son des conversations, je luttais contre le sommeil.

Dans la salle du fond, j'ai remarqué un groupe de fêtards qui entonnaient des chansons à boire entre deux lampées de bière. Je les écoutais d'une oreille, sans comprendre un mot de ce qu'ils disaient. Je me débrouillais en anglais, mais après trois semaines, mes notions d'islandais étaient, au mieux, embryonnaires. J'ai été surpris de constater leur âge. Des vieillards, les cheveux blancs, les traits ravagés par le temps. Et malgré tout, ils se tenaient bien droits, dégageant la force de ceux qui ont travaillé de leurs mains une vie durant. Au milieu de ce groupe, j'ai noté la présence de quelques – rares – jeunes hommes. Visibles comme un nez au milieu de la figure. Comme ce grand blond, bâti comme un joueur de football, aux allures de jeune premier. Il buvait et riait à l'unisson avec ces aînés. Je ne me souviens plus comment il est arrivé.

Un instant, je me perdais dans mon verre; le moment d'après, il me faisait face, un sourire imprimé sur son visage où les rides marquaient le passage du temps. Presque chauve, le menton fuyant, les joues mangées par une barbe grasse, il ne me fit pas grande impression. En fait, au premier contact, je me suis senti mal à l'aise.

Il était si penché sur moi que je pouvais respirer son haleine. Ce qui n'améliorait pas mes dispositions à son égard. Pourtant, il ne me semblait pas saoul. Il me regardait fixement – je me souviens de ses yeux bleus-gris calmes comme une mer d'huile, mais prêts à se déchaîner à la moindre émotion. Il bougeait avec une économie de mouvement remarquable. L'efficacité même.

Il s'est adressé à moi. Sans doute en islandais. Je n'ai rien compris. Il est ensuite passé à un autre idiome. Puis à un autre. Enfin, il m'a parlé en anglais. « You're not from here? » Je lui ai répondu que non. Il a dû percevoir mon accent, car il a repris, dans la langue de Molière, quoiqu'avec un accent indéfini :

— Français! J'ai vécu plusieurs années en Normandie. Il y a bien longtemps.

J'ai senti une note de mélancolie dans sa voix. De mon côté, je regardais à droite et à gauche, dans l'espoir de découvrir une échappatoire.

J'étais mal à l'aise dans cette conversation. Je n'aime pas particulièrement parler aux inconnus. Et, avec lui, c'était pire. Comme je ne trouvais aucune façon de m'en tirer, je lui ai répondu :

— En fait, non, je suis Québécois.

Devant son air étonné, j'ai précisé :

— Canadien.

Son visage s'est illuminé, ce qui a dévoilé ses dents gâtées.

— Le Canada. Un beau grand pays. Je suis allé à Terre-Neuve. Un temps. Ça n'a pas duré.

Encore cette étrange amertume.

Je me souviens avec une clarté surprenante que je me suis demandé « Pourquoi moi? Il me semble qu'il y a plein de gens ici qui ne demanderaient pas mieux que de se faire payer un verre. »

J'ignore s'il a lu dans mes pensées. Je pense plutôt que celles-ci étaient imprimées en caractères gras dans mon regard fuyant :

— Il y a des moments où on ne peut se confier qu'à un parfait inconnu. Et, tu vas rire, mais je me reconnais en toi. La jeunesse en moins. Tu n'es plus tout à fait le même qu'au début de ton périple… et tu ne seras plus jamais le même après. Moi aussi, je me prépare à un grand voyage.

Le dernier mot a flotté un instant dans la pièce, comme le vent qui bruisse dans les branches. J'ai tremblé. Le terme « voyage » sonnait comme « mort » dans sa bouche.

Il s'est ensuite enfoncé dans un étrange mutisme. Ce silence a accentué mon malaise. Pour changer l'ambiance, je lui ai demandé, en pointant la salle du fond :

— Vous êtes avec eux?

Il a jeté un regard sur les fêtards avant d'opiner de la tête.

— Oui, nous sommes de vieux amis. Nous nous rencontrons une fois l'an.

— Ce sont des retrouvailles?

— On peut dire cela.

— À propos de quoi?

Il a terminé sa bière d'un trait et a fait signe à une serveuse de nous en apporter deux. J'ai voulu refuser; il ne m'en a pas laissé l'occasion.

Un silence un peu théâtral a plané avant qu'il ne réponde :

— Je ne saurais le dire. Cela fait si longtemps... nous n'en savons plus la raison. Nous le faisons, c'est tout. Moi, c'est ma dernière année.

Un nuage de tristesse a voilé son regard. Pourtant, il ne s'apitoyait pas sur son sort. C'était une constatation. Rien de plus. Comme certains annoncent le temps qu'il fait.

Les bières sont arrivées. Il a englouti la moitié de la sienne en une seule gorgée. Je lui ai pointé le colosse blond :

— Et lui, c'est qui? On dirait une vedette.

Il a ri de bon cœur.

— Tu n'es pas loin de la vérité. C'est Thor. Ou Donner ou Donar. C'est selon. De nos jours, on dit surtout Thor. Je suis sûr qu'il est en train de se vanter de la fois où il a terrassé deux géants avec Mjöllnir. Pourtant, j'étais là. Et je ne me souviens que d'une occasion où il a fait tomber un géant. Et encore, ça ne compte pas, c'était à la fin d'un concours de beuverie.

Il a ponctué sa phrase d'un rire noyé dans une grande rasade de bière.

J'ai figé un instant, incapable de déterminer la bonne attitude à adopter. Si c'était une blague, je ne savais pas comment la goûter.

— Vous voulez dire que vous êtes...

Je n'ai pu compléter cette question. Juste l'idée de prononcer les mots suivants me semblait surréaliste.

— Eh oui! Tel que tu nous vois, nous sommes les dieux nordiques.

Encore aujourd'hui, je me souviens avec précision des idées qui ont traversé ma pensée. Un fou, j'avais affaire à un timbré. Pas quelqu'un de dangereux, mais un illuminé. Mon premier réflexe fut de partir. Mais pour aller où? La nuit était froide et le pub bien accueillant.

Il n'a pas semblé percevoir mon trouble, car il a continué, la voix lasse :

— Nous sommes les derniers. Les survivants. Chaque année, certains d'entre nous disparaissent, oubliés des hommes et des dieux. Nous vieillissons à mesure que nous quittons les pensées. (Il jeta un regard sur ses mains tordues par l'âge.) Mais moi, j'étais déjà vieux à ma naissance. Il n'y a que lui (il pointa Thor) qui rajeunit en s'américanisant. Il finira par être quelqu'un d'autre et par ne plus nous reconnaître. Il blondit chaque année. Pourtant, moi, je me souviens d'un géant roux à la barbe de feu. Une autre époque…

Le malaise a fait place à une forme de fascination. J'étais là, dans l'instant présent, et, en même temps, je me demandais comment j'allais raconter cette aventure à mes amis… si j'avais su que je n'en parlerais pas avant quinze ans.

Il m'a pointé un borgne assis au centre de la salle, le regard perdu dans le vide.

— Voilà Odin ou Ódinn ou Odhinn ou Jolnir ou Wotan ou Wodan ou Uuodan ou le roi des dieux, ou le père de tout ou le voyageur ou le Très-Haut ou barbe grise ou… je ne t'énumérerai pas tous les noms qu'il a portés. Et, à côté de lui, avec les pantalons carreautés qui lui donnent l'air d'un bouffon, c'est Loki ou Loge. Un sacré joueur de tours, ce Loki. Je me souviens encore quand il a coupé les cheveux de Sif, la femme de Thor. (À mesure qu'il parlait, son ton s'animait et ses yeux se mettaient à briller.) Quand Thor l'a découvert, il a voulu lui broyer les os. Mais Loki s'en est sorti avec la promesse de faire confectionner par des elfes noirs une chevelure d'or pour Silf et…

Il s'est arrêté au milieu de sa phrase. Le visage pâle. Toute trace de joie venait de le quitter en un instant.

Je me suis approché de lui. Il voyait à travers moi, le regard vide. Je me suis éclairci la gorge. Il a fait un saut. Un tout petit, mais quand même. Il a repris un peu de couleur.

— Ça va ? ai-je demandé.

— Oui… C'est seulement que je viens de réaliser. Je me souviens de cette histoire de cheveux comme si tout ça avait eu lieu hier. Mais, en même temps, je ne crois pas que ce sont mes souvenirs.

Il a appuyé sur le mot « mes ».

— Je ne comprends pas, ai-je dit.

Et c'était vrai.

Il a souri. Un sourire presque paternel.

— Vois-tu, avant, nous étions des éléments et des phénomènes naturels. Le vent, la pluie, le feu, la terre, le tonnerre. Ce genre de choses. Et on nous adorait ainsi. Puis les étrangers sont arrivés avec leurs mythes et leurs écrits. Ils ont transformé notre peuple. C'est alors que celui-ci nous a donné corps. Une horreur ! Nous sommes devenus prisonniers de cette chair, condamnés à nous décomposer. (Il regarda ses mains avec mépris.) Avant, j'étais le vent. Libre de toute contrainte. Lorsque je ferme les yeux – il joignit le geste à la parole et écarta les bras comme pour imiter les ailes déployées d'un oiseau –, je me revois allant ici et là au gré de mes caprices. Attendu nulle part. Le bienvenu partout.

Il m'a fait un clin d'œil avant de reprendre.

— Maintenant, je suis un vieillard arthritique. Quand il fait trop froid, je peine à me retenir assez longtemps pour atteindre les toilettes la nuit. Et je vais disparaître. Dans l'oubli.

Encore ce ton, celui de l'évidence. Mais pas de tristesse. Il était au-delà de ça. Je ressentais un grand vide. Un vide si profond que j'ai frissonné.

Sans y réfléchir, je lui ai pris la main.

— Voyons, vous ne pouvez pas être si seul.

La résignation que j'ai lue sur ses traits m'a serré le cœur.

— Tu connais Thor (je fis signe que oui), Odin (autre hochement de tête), connais-tu Njörd?

J'ai voulu acquiescer. J'aurais dû le faire. En fait, quand je repense à cette nuit, je ressens un énorme regret, celui de ne pas avoir menti. Mais j'ai trop attendu avant de donner ma réponse.

— Tu vois. Tout le monde m'a oublié. Je n'ai plus ma place ici. Plus jeune, je croyais que Ragnarok se produirait dans le feu et le sang. (Il releva son regard usé vers moi.) Il semble que ce sera plutôt dans l'oubli et l'indifférence.

Il a terminé sa bière et en a commandé deux autres qu'il a payé avec des billets roulés qu'il a sortis de ses bas. Il a placé une consommation devant moi, alors que je n'avais pas encore touché à la précédente, puis il a bu une longue lapée de la sienne avant de reprendre :

— Je ne me plains pas. On me l'avait dit. Tout est écrit. C'est mon *wyrd*, tissé par les Nornes qui règlent les destins des hommes et des dieux. Le plus drôle, c'est que je me souviens du moment où elles sont arrivées, les Nornes. Avec le texte. (Il haussa les épaules dans un geste de résignation.) Non contents de nous humaniser, les hommes ont commencé à nous emprisonner dans des histoires. Ils ont construit l'Asgard avec des mots. Comme les contes oraux des scaldes étaient mouvants, changeants, nous ne nous sommes pas rendu compte du danger. Puis, ils les ont écrits. À partir de ce jour, j'ai perdu mon libre arbitre. Prisonnier des récits passés et à venir, j'ai été ballotté selon les désirs des auteurs. Les histoires étaient figées et me retenaient avec autant d'efficacité que les plus épais barreaux. Ils m'ont uni à Skadi dans un mariage malheureux. (Il regarda dans la salle où ses compagnons buvaient à même les pichets de bière.) C'est comme Loki. Il nous a trahis maintes et maintes fois. Pourtant, je ne lui en veux pas. Avant d'être mortels, quand nous n'étions que des éléments, nous étions au-delà de la trahison. Au-delà des désirs terrestres. Au-delà de l'amour et de la haine. La seule chose qui nous aide, c'est que tous ces récits finissent par se contredire. Et c'est dans les zones d'ombre, dans les flous et les divergences que se trouve le peu de libre arbitre qui me reste. Tu vois le borgne, Odin. (Il le pointa avec son long doigt boudiné.) Est-il Odin ou Wotan? Ni l'un ni l'autre. Ou plutôt l'un et l'autre. Pourtant, il a déjà été la foudre et moi le vent et Thor le tonnerre. Nous étions libres.

Ce seul mot, libre, contenait plus de souffrance que je ne pouvais en porter.

Un homme s'est arrêté derrière Njörd. Tout de noir vêtu. Je ne l'ai pas entendu venir. Malgré des contorsions, je n'ai jamais réussi à voir son visage. Pourtant, rien ne le cachait. Il s'est penché à l'oreille de mon compagnon.

J'ignore en quelle langue il s'exprimait, cependant j'ai compris l'essence de ses propos : « C'est l'heure. » Njörd a soupiré.

— Je sais, laisse-moi dire adieu à mon nouvel ami.

L'homme en noir a hoché la tête avant de sortir du pub aussi silencieux qu'une ombre.

— Le pire, c'est qu'on y prend goût, a dit Njörd avec un filet de voix. Je veux dire à « être humain ».

Le vieil étranger a pris une salière et a versé quelques grains dans sa main droite. Puis, il a fait glisser le sel entre ses doigts, imitant le mouvement d'un sablier. Les grains de sel tombaient dans sa bière. Chacun provoquait une réaction, des milliers de bulles.

— Je crois que c'est ce qui va me manquer le plus.

Je n'ai jamais su de quoi il parlait : rencontrer des inconnus ou la bière? Ou autre chose encore que je n'ai pas compris sur le coup et que j'ai oublié depuis?

J'ai cligné des yeux.

L'instant d'après, mon compagnon avait disparu. J'ai senti la caresse du vent dans mes cheveux. Puis, le silence. Plus personne ne bougeait; le temps s'était figé dans le pub.

Dans la salle du fond, les fêtards ont levé leur verre dans ma direction, sans troubler le calme. Nous avons porté un toast. À Njörd.

Ensuite, la vie a repris son cours bruyant. Comme si rien ne s'était passé. Comme si le crépuscule d'un dieu ne venait pas de se produire.

***

Le retour au Québec a eu lieu dans un état de perpétuel demi-sommeil. Encore maintenant, une impression d'irréalité se dégage de cette soirée. Pendant des années, je n'ai parlé de cette aventure à personne. Ça me semblait fou de dire à voix haute que j'y crois, que j'ai rencontré un dieu. Pourtant...

J'ai développé un rituel qui laisse mes amis pantois. Lorsque les grands vents se lèvent, été comme hiver, peu importe la température, je sors sur le balcon pour boire une bière.

Je reste dehors, silencieux en prenant de longues gorgées. Ensuite, je regagne mon foyer et je laisse ma bouteille à moitié pleine derrière moi, comme une offrande.

On ne sait jamais...

J'ignore pourquoi j'en parle aujourd'hui après tant d'années de silence. J'imagine que le fait de vivre dans le Nord, d'être loin des miens comme à cette époque m'a donné envie de partager ce récit.

Et comme me l'a dit un vieil ami : « Il y a des moments où on ne peut se confier qu'à un parfait inconnu. »

Une dernière enjambée

© Karen Éloquin-Arseneau

On a tous des périodes plus ou moins glorieuses dans notre vie. Moi, ce fut au début de la vingtaine. Je venais de terminer mes études en communication à l'Université Laval, pis, comme la plupart de mes chums, je me promenais d'une jobine à l'autre. On passait nos journées à jouer au PlayStation, à manger des chips et à boire de la bière.

On se réunissait presque tous les jours chez Max. Petite parenthèse ici : on était une couple à rester encore dans la maison de papa et maman, alors on était ben contents de se retrouver dans le 1 et demi de Max – c'était si minuscule que je crois que c'était juste un « et demi ». Au moins, dans ces moments-là, personne ne nous achalait pour qu'on se trouve un emploi, qu'on envoie des c.v. ou qu'on passe des entrevues. On n'avait pas de blonde, pas de char – en fait, je n'avais même pas de permis de conduire. Est-ce que j'ai dit que ce n'était pas la période la plus glorieuse de ma vie? Mon fait d'armes a été de me rendre aux qualifications pour le championnat canadien de jeux vidéo… Bon, je ne crois pas que j'aide ma cause avec celle-là.

C'est Max qui l'a remarqué en premier. Tous les jours, beau temps, mauvais temps, par vent, par pluie ou sous la neige, il passait devant l'immeuble. À 11 h 15. Pas 11 h 14, pas 11 h 16, à 11 h 15. Réglé comme une horloge suisse, le gars. Au début, c'est devenu un *running gag*. On se ramassait sur le balcon, montre en main, pour voir si l'inconnu allait se représenter. Il ne faisait jamais défaut. Il mettait le pied exactement au même endroit à la seconde près. Tous les jours.

La plupart des autres ont fini par se trouver du travail. Sauf Max et moi. On aimait dire qu'on était entre deux emplois. Pour être franc, quand je repense à cette période de ma vie, j'ai l'impression que j'étais toujours entre deux emplois.

Chaque jour, nous étions fidèles au poste pour attendre sa venue. On regardait nos montres pour voir s'il allait remplir ses promesses. Il ne nous décevait jamais.

On se questionnait à son propos. Qui était-il? Ni jeune ni vieux, il pouvait avoir trente ans comme soixante. Ses cheveux châtains ne montraient aucun signe de calvitie, ses traits rougeauds semblaient encore fermes, néanmoins ses yeux – beaucoup trop sérieux – trahissaient le passage des années. Rasé de près, il portait son éternel coupe-vent bleu, peu importe la température. Avec un capuchon qu'il ne rabattait jamais sur sa tête, même lors des averses et sa casquette des Expos défraîchie.

Allait-il au travail? À un rendez-vous? Voir sa maîtresse ou ses enfants? Nous l'ignorions, toutefois, nous brûlions de le savoir.

Puis, je me suis trouvé en emploi dans un quotidien. Journaliste attitré aux faits divers. Pas les gros procès ou les meurtres crapuleux; non, les chats écrasés, les cas d'ivresse au volant et les crimes à la petite semaine. J'étais sûr de ne pas aimer ça, à tel point que j'avais averti mon entourage que j'allais sans doute remettre ma démission à l'intérieur d'un mois. Finalement, j'ai tellement tripé que j'ai occupé ce poste pendant des années. Mais ça, c'est un autre sujet.

Max, toujours chômeur professionnel, continuait d'être obsédé par le mystérieux marcheur. C'est ainsi qu'un jour, il a décidé de le suivre. En fait, ça n'a pas vraiment été une décision. Je veux dire : il ne s'est pas penché sur la question, n'a pas pesé le pour et le contre. Il s'est juste retrouvé en short et en sandales, par un matin d'été, à attendre sur le trottoir.

À 11 h 15, le marathonien passait devant chez lui. Naturellement, Max lui a emboîté le pas. Il aurait sans doute pu lui parler. Aurait sans doute dû le faire, mais ce qu'il m'a expliqué plus tard, c'est qu'il ressentait un malaise à l'idée d'interrompre sa course. Comme si ce n'était pas de ses affaires.

Par contre, que ce soit de ses affaires ou non, il éprouvait un besoin impérieux de résoudre ce mystère. Il l'a filé pendant plus d'une heure. Malgré sa jeunesse, il a constaté que le gars avait plus de pratique que lui. De plus, il n'était pas préparé à une pareille randonnée : sans eau et chaussé de sandales inconfortables pour une longue marche. Après la gare, il a abandonné, bien décidé à revenir mieux organisé. Car sa rapide traque n'avait qu'attisé sa curiosité.

Le lendemain, à midi, il faisait le pied de grue à la gare, impatient de découvrir la suite de l'itinéraire. Vingt-quatre minutes plus tard, il le vit. L'inconnu venait dans sa direction d'un pas égal.

Je note votre sourire moqueur. Pourquoi ne pas se contenter de dire « une vingtaine de minutes plus tard »? Je comprends votre raisonnement, et jusqu'à ce que Max me raconte son histoire, j'aurais plutôt été de votre avis. Cependant, Max m'a appris que chaque minute a sa valeur et qu'il faut s'assurer de ne pas la gaspiller en faisant des approximations.

Est-ce que le marcheur a remarqué Max? Sans doute. Par contre, rien dans son allure ne trahissait ses pensées ou ses émotions. La casquette des Expos enfoncée sur le crâne, il demeurait imperturbable, avançant toujours à la même cadence.

Max lui a donné quelques pas d'avance avant de se mettre en chasse. Il était mieux équipé que la veille avec son sac à dos qui contenait un repas léger – des bonnes vieilles beurrées de beurre de pinottes – deux bouteilles d'eau et une paire de chaussures de course. Il se sentait prêt à le suivre jusqu'au bout du monde.

S'il avait su…

Ils ont d'abord emprunté la piste cyclable le long de la voie ferrée, traversé la rue principale, monté dans les hauteurs de la ville et serpenté les sentiers forestiers jusqu'à ce qu'ils se perdent entre les arbres.

Ça a duré des heures.

Au début, Max les comptait. Une heure, deux heures, trois heures. Bien vite, il s'est concentré sur le dos du marcheur, histoire de ne pas se laisser distancer. Il souffrait de crampes et d'ampoules, n'avançait plus que par la force de sa volonté. Il s'accrochait au pas de l'inconnu par orgueil, mais surtout pour enfin avoir une réponse.

L'esprit engourdi, comme en plein sommeil, il maintenait la cadence. Quand l'autre levait la jambe, il levait la sienne. Il adoptait son rythme comme s'il était sien. Sans jamais prendre de repos. Même la longueur de leurs enjambées demeurait identique.

Sans que Max en prenne conscience, la nuit a posé ses ailes sur eux. La distance n'était jamais assez grande pour qu'il perde sa proie dans le noir, alors il a continué. Puis le soleil a fait son apparition, chassant peu à peu la rosée matinale. Max ne sentait plus les crampes ni les ampoules. Tant qu'il bougeait, il gardait la souffrance à distance.

Et ils marchaient.

Quand ils sont passés en face de l'appartement de Max, il n'a pas eu à regarder sa montre. 11 h 15. Lorsque je lui ai parlé, il m'a dit que ça ne l'a pas surpris. À ce moment, son esprit était trop engourdi pour éprouver la moindre émotion.

Ensuite, la chose la plus improbable s'est produite. Max maintenait son rythme de marche – en fait, il n'aurait pu faire différemment tant le mouvement de balancier était inscrit dans la fibre même de ses muscles –, pourtant il gagnait du terrain. De façon d'abord imperceptible, genre un centimètre par dix minutes. Tellement subtil que Max crut qu'il se faisait des idées. Puis, bientôt, le doute ne fut plus permis. Les enjambées de l'autre étaient moins grandes, sa posture moins droite.

Il fut sur ses talons. À ce moment, il constata avec surprise que les cheveux qui pendaient hors de la casquette défraîchie des Expos n'étaient plus châtains, mais gris et filasse. Ses mains, déformées par l'arthrite, se refermaient compulsivement. Et il s'est arrêté pour laisser passer Max.

Il l'a vu. Lui a souri.

Une dernière enjambée et Max le dépassait. Un tout petit pas.

Quand il s'est retourné, l'homme à la calotte de baseball avait disparu.

Et Max a continué son chemin. D'abord, sans s'en rendre compte et, bien vite, par obsession. Incapable de penser à autre chose.

On a été quelques-uns à s'inquiéter de ne plus voir Max. Même si j'aimais mon travail, nos journées de jeux vidéo me manquaient, alors dès que j'avais un moment libre, je me pointais chez lui… pour me buter à une porte close. J'ignore l'origine de cette intuition, mais un lundi matin, je me suis rendu à son appartement un peu après 11 h. Et j'ai attendu. Quand il est passé devant moi, j'ai d'abord cru que c'était l'autre, notre bon vieux marcheur. Puis j'ai remarqué l'absence de la casquette bleu-blanc-rouge. Je l'ai observé avec plus d'attention.

J'aimerais vous dire que ça a été la surprise de ma vie, cependant, ce serait un mensonge. Ça avait quelque chose de normal, de naturel.

Je l'ai rattrapé et je me suis mis à le bombarder de questions. Il n'a jamais tourné la tête dans ma direction, n'a jamais ralenti, toutefois, je crois bien qu'il m'a reconnu. C'est à ce moment qu'il m'a raconté son histoire. Il m'a dit qu'il avait croisé bien des gens, vu bien des choses, mais que dans les faits, il n'avait rien vu, rien fait.

Sauf marcher.

Le reste importait peu.

Il y a un marcheur comme lui dans toutes les villes, tous les villages. Ils marquent le temps. Celui qui part, celui qui fuit.

Je ne peux m'empêcher de penser que si je n'avais pas commencé à travailler au journal cet été-là, c'est peut-être moi qui jouerais les trotteurs en ce moment… Une autre possibilité, c'est qu'en y allant ensemble, on aurait pu percer le mystère sans se faire emprisonner dans ses filets.

Quand je suis arrivé à Whitehorse, j'ai parcouru la ville à la recherche de notre marcheur. Ça a pris du temps, mais je l'ai trouvé. Il avance moins vite, est souvent en retard, mais il est quand même là, déambulant de son pas nonchalant.

Il a des cheveux ailes de corbeau, des yeux pénétrants, la peau tannée et un sourire sans cesse accroché aux lèvres.

À l'occasion, je l'attends sur la *Main* pour lui offrir de l'eau et un peu de nourriture. On ne sait jamais... Ça ne peut pas nuire d'avoir le temps de son côté.

L'Ombre à la fenêtre

© Joe la Jolie

Tous ceux qui sont allés à l'université connaissent quelqu'un comme François. Il courait tout le temps après son argent, alors il ne venait jamais à la bière avec les autres. Il habitait au cinquième étage d'un des blocs impersonnels bordant l'Université Laval. Et comme il passait ses journées dans son deux et demi gros comme ma main, tout le monde pensait qu'il était studieux. Mais moi, je savais que ce n'était pas le cas. Je devais être le seul à aller le voir, à part ses parents quand ils faisaient un tour de machine. Parce que François, comment dire, ce n'était pas un champion des relations humaines. La plupart du temps, il était impossible de lui tirer un mot devant des inconnus – en fait, plutôt devant des inconnues, car il avait tout de même quelques amis avec qui il jouait à des jeux en ligne et… c'est à peu près tout. Les rares fois où il parvenait à s'exprimer en public, c'était pour vanter les mérites des femmes au foyer ou des conneries de ce genre-là. Le pire, c'est qu'il ne cherchait pas la controverse, je ne crois même pas qu'il comprenait pourquoi les rares femmes qui l'approchaient repartaient en colère.

Comme sa mère est la cousine du cousin de mon père – ou quelque chose du genre – et qu'on vient du même petit village de la Beauce, je l'ai toujours considéré comme un membre de ma famille. Et par chez nous, ça veut dire quelque chose. Alors, je passais le voir une fois de temps en temps, histoire de m'assurer qu'il respirait encore. Quand je lui rendais visite, je ne l'ai jamais vu étudier : il lisait, écoutait des films, jouait sur sa console ou son ordinateur… et je l'ai pogné quelques fois à observer ses voisins. Il ne s'en cachait même pas.

Il s'installait sur son futon et regardait les gens qui vivaient dans le bloc en face du sien, comme s'ils étaient les personnages de son petit théâtre privé.

Je sais ce que vous pensez. Mais je vous rassure tout de suite. Ce n'était pas un pervers ou un détraqué. En tout cas, pas à ce moment-là. Il n'avait pas de jumelle ou de télescope, il ne suivait pas les gens dans la rue. Il ne prenait même pas de photos.

Il était voyeur, mais pas dangereux. Il observait ses voisins manger, se disputer, suivre des émissions de télévision ou dormir. J'imagine que ça lui permettait de se sentir moins seul.

Avant de le juger, répondez-moi honnêtement : quelle est la différence entre lui et les amateurs de téléréalité qui vivent par procuration à travers un écran ?

Il y a quelques années, lors d'une des canicules les plus violentes qui aient frappé Québec, la nouvelle voisine est arrivée dans la grande valse des déménagements de juillet. Une belle jeune femme au début de la vingtaine. Des jambes à n'en plus finir, une longue chevelure bouclée, un sourire à faire damner un saint... et parlant de seins, les siens bravaient la loi de la gravité.

Pas la peine de dire que François s'est tout de suite intéressé à elle. D'autant plus qu'elle vivait au cinquième étage, comme lui, dans le bloc juste en face du sien. S'ils avaient mis une corde à linge entre leurs deux fenêtres, ils auraient à peine pu mettre une dizaine de bobettes tant ils étaient proches.

Et François a tout de suite remarqué deux choses intéressantes sur sa voisine, outre son physique avantageux : elle passait ses journées à se promener nue ou en sous-vêtements – au début il croyait que c'était pour survivre à la chaleur ambiante, mais comme les vêtements ne sont pas revenus avec le temps frais, il en a conclu que c'était un choix de vie – et elle n'avait pas posé de stores ou de rideaux sur sa fenêtre.

D'une journée à l'autre, l'étudiant délaissait de plus en plus la télévision et les livres au profit de la fenêtre de sa chambre. Étendu sur son lit, nu. Pas besoin d'avoir beaucoup d'imagination pour savoir ce qu'il faisait avec ses mains.

À ce moment, c'est ce que François avait vécu de plus près d'une relation *steady*. En fait, il n'avait jamais connu de fille… à part une cousine du côté de son père avec laquelle il a raconté qu'il avait fait des choses à un mariage. Mais comme personne n'a jamais vu ladite cousine, disons qu'on peut douter que le mariage ait réellement été consommé. Si vous voyez ce que je veux dire. Pourtant, François était loin d'être laid. Il avait même un certain charme… jusqu'à ce qu'il ouvre la bouche, quand il daignait le faire. Le reste du temps, il avait seulement l'air d'un idiot qui s'ennuyait en compagnie des autres – sentiment partagé la plupart du temps.

Un mois après qu'elle ait aménagé, la belle inconnue s'est rendu compte que quelqu'un violait son intimité. Lorsqu'elle a remarqué François, les pantalons autour des chevilles et la queue dans la main, ils étaient si près l'un de l'autre que François l'a entendu crier. Elle a caché ses seins comme elle l'a pu et s'est sauvée. François, lui, s'est senti tellement mal qu'il s'est enfermé dans sa salle de bain, en attendant l'arrivée de policiers, qui ne sont jamais venus.

Le lendemain, un rideau de tissu blanc servait de rempart à l'intimité de la belle.

François a quand même continué de jeter un coup d'œil à l'occasion vers sa chambre. Mais le rideau demeurait baissé jour et nuit.

François se butait à ce mur de tissus depuis quelques jours quand les choses se sont mises à évoluer. Une nuit, alors que François venait de se mettre au lit, il a remarqué une ombre qui se découpait sur le rideau blanc. Pas grand-chose au début. Un simple contour vaporeux.

Il s'est approché de sa fenêtre pour mieux voir. La silhouette était celle d'une femme qui se caressait les seins. Il a ri en silence, tout en suivant avec attention ce ballet érotique en ombre chinoise. La belle du cinquième utilisait une lampe à contre-jour pour servir de projecteur. Pendant une heure, François a observé l'ombre se mouvoir comme une chatte. Il a vu les gestes circulaires des mains de la belle inconnue. Le mouvement a accéléré jusqu'à ce que la femme cambre le dos. Alors, la lumière s'est éteinte et l'ombre a disparu.

Il a continué de regarder dans l'espoir qu'elle revienne, mais le spectacle était bel et bien terminé.

La nuit suivante la scène s'est reproduite. Et le surlendemain. Ça a continué comme ça pendant dix jours. François ne ratait aucun de leurs rendez-vous nocturnes. Il modulait le rythme de sa masturbation à celui de l'ombre pour connaître l'orgasme au même moment.

Puis, une nuit, les règles du jeu ont changé. Le spectacle n'était plus celui du plaisir solitaire d'une ombre anonyme, mais le complexe ballet de deux corps qui s'entrecroisent.

La belle avait amené un homme avec elle.

Au début, François était jaloux, frustré même.

Mais, rapidement, l'excitation l'a gagné.

Ce soir-là, il a un peu été cet inconnu qui connaissait l'extase avec elle.

Pendant presque un mois, elle a alterné les moments de plaisir solitaire avec les baises où elle invitait un autre partenaire. Parfois, François reconnaissait les courbes d'une autre femme. Une amie? Un bonheur d'occasion? L'histoire ne le dira jamais.

Ça ne pouvait pas en rester là. Une nuit, la belle a levé le rideau et s'est penchée dans la direction de François, assis à son poste d'observation. Ils sont restés comme ça, les yeux dans les yeux, un long moment. Enfin, elle a pointé un doigt vers lui et lui a fait signe de la rejoindre. Comme ça. Sans même prononcer un mot.

Elle est ensuite allée se coucher dans son lit d'eau en se caressant langoureusement. François a figé. Est-ce qu'il devait y aller? Il avait la chienne, mais en même temps...

Finalement, il a décidé de vivre son fantasme jusqu'au bout.

Il a à peine pris le temps d'enfiler ses vêtements avant de se lancer au pas de course jusqu'à l'immeuble d'en face. Là, il a sauté dans l'ascenseur en destination du cinquième. La montée lui a semblé prendre une éternité.

Rendu à destination, il est sorti de la cage comme si sa vie en dépendait. Il avait les mains moites et son cœur battait à tout rompre. Il regardait partout autour de lui, à la recherche du bon appartement, incapable de se repérer. Son cerveau roulait à toute vitesse, mais il ne pouvait s'accrocher à aucune idée. Heureusement, la porte était entrouverte, et la belle l'attendait dans l'embrasure.

Elle était tout en jambe, complètement nue, parée seulement de son sourire...

Les choses se sont faites d'elles-mêmes. Leurs langues se sont rencontrées, les mains de François ont trouvé les seins de sa partenaire, les siennes ont trouvé les fesses du jeune homme.

Le plus drôle, c'est qu'à ce moment, François ignorait le nom de l'inconnue. Pour ce que j'en sais, il ne l'a jamais su.

Elle a refermé la porte du pied et l'a conduit à sa chambre. Pendant le court trajet, François s'activait à enlever ses vêtements. Elle s'est jetée sur son grand lit d'eau et il l'a suivie. Une musique sensuelle jouait à la radio. La pièce n'était éclairée que par une bougie. Une odeur de fruits des champs flottait dans l'air, mais elle n'arrivait pas à cacher les doux effluves de l'excitation féminine.

Elle l'a couché sur le dos et s'est installée sur lui. Elle le regardait avec gourmandise. Sans préliminaires, elle l'a pris en elle. Ses doigts se promenaient sur mon torse, ses ongles laissaient un léger sillon sur leur passage. Elle a commencé un mouvement de haut en bas, de bas en haut. François l'accompagnait en bougeant les hanches.

Si le scénario avait tout d'un fantasme matérialisé, François se sentait bizarre. De confronter, comme ça, le rêve et la réalité le troublait. C'est une chose de s'imaginer coucher avec sa voisine, c'en est une autre que de passer à l'acte avec une inconnue. Surtout quand on manque d'expérience.

Il sentait sa résolution d'aller jusqu'au bout ramollir. Ses gestes étaient plus gauches. Sa confiance ébranlée lui donnait l'impression de se recroqueviller. Ce qui créait un malaise encore plus grand. Ce qui troublait encore davantage François. Ce qui… Pas besoin de vous expliquer ce cercle qui devenait de moins en moins vicieux.

Incapable de regarder la femme qui s'activait sur lui, François a jeté un œil par-dessus l'épaule de la belle. Sur le mur, l'ombre de son amante se balançait au rythme des mouvements de leurs corps entrelacés. En voyant cette silhouette familière – elle l'avait accompagnée depuis des semaines –, il a senti sa confiance et son égo se regonfler.

L'ombre de la belle a englouti le jeune homme, comme si elle voulait le recouvrir tout entier de son voile. Il n'y avait plus un corps de femme qui chevauchait François, mais deux. Quatre bras qui le caressaient. Deux bouches affamées qui cherchaient ses lèvres.

François ne baisait plus avec une inconnue, mais avec cette ombre qu'il connaissait si bien. Sa flamme. Son fantasme.

Il lui faisait l'amour.

Le lendemain matin, il est reparti chez lui avec l'aurore et il n'a plus jamais revu la belle inconnue du cinquième.

Il a placé des stores sur sa fenêtre et ne les a jamais ouverts.

Il s'est mis à sortir de moins en moins. Il n'allait plus à ses cours. Ne rappelait plus ses rares amis. Je suis le seul à l'avoir revu. Il est quand même de la famille.

Son appartement était plus éclairé qu'un studio de cinéma : il y avait des lampes partout, dans tous les coins. Dans des angles bizarres. Quand je lui ai demandé pourquoi, il m'a dit que c'était pour sa blonde.

Je suis parti à rire. Sa blonde? Probablement une chimère comme sa prétendue cousine. Il s'est fâché et j'ai bien cru qu'il allait me mettre à la porte. C'est alors qu'elle est venue nous rejoindre. Une ombre qui se découpait sur le mur. J'ai attendu le corps un moment, puis j'ai compris qu'il ne suivrait jamais.

Avant même que je ne reprenne suffisamment mes esprits pour le questionner, il s'est mis à me défiler son histoire. Bon, les détails coquins sont de moi, mais je suis pas mal sûr que c'est fidèle à la réalité.

Après leur nuit torride, il avait ramené l'ombre de la belle avec lui.

Quand je lui ai demandé ce qui s'était passé avec sa propre ombre, il a haussé les épaules. Probablement qu'elle est restée avec l'inconnue du cinquième.

Je suis restée avec eux un moment. Je ne sais pas si vous le savez, mais une ombre, ça n'a pas trop de conversation. Disons que c'est loin d'être une lumière. Et les voir se minoucher sans arrêt, ça me mettait mal à l'aise.

Aux dernières nouvelles, ils vivent le grand amour. Tant mieux pour eux.

Et les gars, si jamais vous voyez une belle femme avec des jambes à n'en plus finir, une longue chevelure bouclée, un sourire à faire damner un saint… et des seins qui bravent la loi de la gravité, vérifiez comme il faut. Juste pour être sûr qu'elle ne se trimbale pas avec l'ombre d'un homme.

Parce que je ne sais pas pour vous, mais moi, c'est pas le genre de chose que je veux voir dans mon lit.

La sirène qui aimait le country

© Marianna LaHaye-Picard

Parfois, on réalise qu'on était heureux qu'au moment où le bonheur nous échappe. C'est ce qui m'est arrivé. J'étais plus jeune et plus con – surtout plus jeune – lorsque j'ai vécu ma première peine d'amour. Mes parents possédaient un chalet dans Charlevoix sur le bord du lac des Sables. Ils y passaient tous leurs étés. Lorsque venait l'automne, ils s'envolaient pour bourlinguer en Europe, en Afrique ou dans un autre coin du globe. À ce moment, je devenais maître des lieux avant de leur céder leur domaine à leur retour au pays avec le beau temps.

J'y allais presque tous les week-ends de l'automne jusqu'à ce que la neige obstrue le chemin. Et je revenais le printemps. Pendant la saison, j'en profitais pour « pêcher ». Entendons-nous bien, je suis loin d'être un spécialiste en la matière. Même si le lac regorgeait de truites, je ne comptais pas sur mes talents pour me nourrir. De toute façon, j'affectionne assez peu le goût de ce poisson. En fait, je me demande parfois pourquoi je mettais un leurre au bout de ma ligne. Ce que j'appréciais, c'était de me laisser bercer par les vagues en dévorant un bon livre. Je me retrouvais seul, pour me ressourcer, loin de la ville, de mes amis, de la vie urbaine un peu folle.

Je laissais le temps couler jusqu'à ce que la lecture devienne fastidieuse à cause du soleil qui se couchait et de mes doigts engourdis par le froid. Je ramais jusqu'au quai sur lequel j'arrangeais mes prises de la journée – quand je ne revenais pas les mains vides – avant de trouver refuge dans le chalet en bois rond. Alors, j'allumais le poêle et je me préparais un souper. Je mangeais devant la fenêtre en regardant les derniers rayons du jour se perdre dans l'eau. Ensuite, je m'allongeais sur le fauteuil, près de la lampe à l'huile, je m'enroulais dans une grosse couverture de laine et je reprenais ma lecture.

Puis, après 24 à 48 heures de calme, je revenais à la civilisation. Et ma vie poursuivait son cours sans surprise. Jusqu'à cette fois-là.

Je me souviens que le temps était particulièrement clément pour une journée du début d'octobre. Même si la saison de la pêche était terminée, j'avais décidé de taquiner la truite avant de ranger mon équipement pour l'hiver. Taquiner, comme dans le sens d'agacer. Je ne m'attendais pas vraiment à sortir une grosse prise ce jour-là.

Si j'avais su…

À ce jour, je suis incapable de reconstituer fidèlement le fil des événements. Je crois que la fatigue conjuguée au grand air (et aux nombreuses longueurs du roman naturaliste français que je lisais) m'a guidé dans les bras de Morphée.

Je me suis réveillé quand j'ai senti de la pression sur ma canne. Même si j'aime me présenter comme un pêcheur sans talent, j'avais quand même fait quelques belles prises au cours des années. Cependant, c'était la première fois que ça tirait comme ça.

J'ai refermé mes mains sur le manche avant que ma canne ne m'échappe.

J'ai ouvert les yeux : le bout de ma ligne touchait la surface de l'eau. J'ai senti une poussée d'adrénaline incroyable. Tellement que j'en ai oublié tout ce que mon père – qui lui était pas mal plus habile que moi dans le domaine – m'avait appris. Au lieu de laisser le poisson s'épuiser, je me suis battu avec lui. Je moulinais comme un fou et m'agitais en tous sens. Je me sentais vivant, de retour à l'époque du cueilleur-chasseur (ou pêcheur dans ce cas précis). L'excitation me gagnait de plus en plus. Malgré moi, je criais et je riais… Jusqu'à ce que le fil se casse.

J'ai eu l'impression que mon corps en entier venait de se relâcher.

J'ai laissé tomber ma canne inutile dans le fond de l'embarcation et je me suis mis à scruter le lac dans l'espoir de découvrir la bête.

Je n'ai d'abord rien vu. Qu'une eau trop calme. Puis, j'ai perçu une forme. Je me suis penché jusqu'à ce que je me retrouve nez à nez avec une femme immergée. Elle était tout simplement incroyable. Ses yeux azur m'ont hypnotisé. De longs cheveux roux flottaient autour d'elle. Et elle ne portait aucun vêtement. Quand j'ai vu ses seins dressés, je me suis mis à rougir et j'ai aussitôt détourné le regard.

Ça a brisé l'enchantement et d'un mouvement souple, elle a disparu de mon champ de vision.

J'ai crié quelques fois pour qu'elle revienne. Seul le chant de canards en retard pour leur migration m'a répondu. Un éclat de soleil a frappé près de l'endroit où la femme avait plongé, ce qui m'a permis de discerner un château au fond du lac. Puis, il y a eu une légère ondée et l'image s'est défaite. Quand l'eau est redevenue calme, je ne voyais plus que le reflet d'une falaise. Si on l'observait comme il faut, elle pouvait, en effet, donner l'apparence d'une fortification médiévale.

J'ai frotté mes yeux, comme si je venais de me réveiller, et j'ai relevé la tête pour découvrir le pic rocheux dont l'image m'avait troublé. J'ai ensuite pris un moment pour retrouver mes repères : j'avais dérivé jusqu'au bout du lac qui à cet endroit était bordé par les montagnes.

Je suis resté planté là, à attendre qu'il se passe quelque chose. J'espérais que la créature revienne, guettant le moindre mouvement sur la surface aquatique.

Rien. Sauf quelques cris d'oiseaux au loin. Et encore, j'étais si absorbé par mon observation que je doute de les avoir réellement entendus.

N'eût été ma ligne brisée, j'aurais accepté l'idée que toute cette aventure n'était que des relents d'un songe mal digéré. Toutefois, le fil était bien rompu.

Au bout d'une demi-heure, las d'attendre, je suis revenu au chalet. Toute la soirée, j'ai repensé à la femme de l'eau. Son visage angélique, ses seins et ce que j'imaginais du reste de son corps me hantaient.

Après une nuit fiévreuse où les rêves éveillés m'ont empêché de sombrer dans le sommeil, j'ai pris ma décision : je devais aller au bout de cette histoire pour découvrir ce qui se cachait dans les profondeurs de ce plan d'eau. Un homme plus avisé se serait sans doute procuré un équipement de plongée ou, mieux encore, aurait demandé l'aide de professionnels. À ma défense, je vous rappelle que j'étais jeune et con. Très con parfois.

Sans même déjeuner ou prendre la peine de m'habiller, je me suis assis dans la barque et j'ai ramé jusqu'au bout du lac. Comme le temps était couvert, j'ai mis un moment à retrouver l'endroit où le reflet de la falaise donnait l'impression qu'un château se dessinait sur la surface aqueuse.

J'ai jeté l'encre avant de plonger.

Je me suis enfoncé dans l'eau glacée et j'ai nagé le plus profondément possible, mené par la force de mes bras et de mes jambes. Malgré mes yeux grands ouverts, je ne voyais rien. J'évoluais dans un monde opaque.

Puis une forme s'est découpée. Je percevais de la lumière. Je croyais reconnaître les contours d'une ville.

C'est à ce moment que l'air a commencé à me manquer. Plongé dans le noir, j'avais perdu le sens de l'orientation. J'ai tenté de regagner la surface, toutefois j'ignorais si je me dirigeais vers le haut ou vers le bas. Je battais frénétiquement des bras et des jambes pour sortir de là. L'eau s'infiltrait par mes narines. Je luttais pour retenir mon souffle. Mes idées s'embrouillaient. En dépit du bon sens, qui me suggérait de conserver la moindre parcelle d'air, je me suis mis à hurler ma détresse. Un cri sous-marin que nulle oreille ne pouvait entendre. Sauf peut-être celles des poissons... s'ils en ont.

Enfin, ce fut le noir total. Je n'avais même plus assez de force pour paniquer. La vie me quittait alors que je coulais. Et j'accueillais le tout avec soulagement.

Juste avant de perdre connaissance, j'ai senti des mains se refermer sur mes épaules.

Quand je me suis réveillé, il y avait une bouche soudée à la mienne. J'ai ouvert les yeux et découvert la belle rousse aperçue la veille. Elle a eu un mouvement de recul, comme une bête craintive.

C'est alors que j'ai remarqué qu'elle n'avait pas de jambes. À la place, une longue queue couleur corail partait de ses hanches. On était sur une petite plage près du chalet de mes parents. Elle n'était qu'à quelques mètres du lac et je savais que le moindre geste brusque pouvait la faire fuir. Elle gardait les bras croisés sur sa frêle poitrine, pas tant par pudeur que par inconfort. Elle roulait de grands yeux effarouchés comme une biche piégée dans les faisceaux lumineux d'une voiture.

« Merci », c'est tout ce que j'ai réussi à lui dire avant d'être pris d'une quinte de toux. J'avais la gorge douloureuse et l'estomac à l'envers. À la fin, j'ai craché l'eau qui restait dans mes poumons. Quand j'ai relevé la tête, elle avait disparu. Un désespoir profond m'a gagné. Je me suis mis à crier vers le lac : « Reviens, reviens. »

Je suis retourné au chalet d'un pas chancelant. J'ai à peine pris le temps de me délester de mes vêtements avant de m'écraser devant le poêle à bois, une grosse couverture de laine autour des épaules.

Je n'ai pas bougé de la journée; je n'ai pas dormi de la nuit. Traumatisé par mon expérience de mort imminente, mais surtout obsédé par la belle inconnue, j'en ai même oublié de manger.

Une sirène! Je croyais que ce n'était que dans les contes de fées qu'on trouvait des créatures de ce genre.

Je ne me suis tiré de mon immobilisme que le lendemain matin. Je ne savais trop quoi penser de cette histoire, cependant j'avais choisi de laisser tout cela derrière moi. J'ai ramassé mes affaires et je les ai lancées sans ménagement dans ma voiture. Je m'apprêtais à repartir quand je me suis rappelé la chaloupe.

Je suis allé voir le voisin pour lui demander son aide, toutefois il était absent. Comme je ne connaissais pas les autres résidents du secteur et que je ne voulais pas les déranger, j'ai décidé de lui emprunter son canot. Je me suis rendu jusqu'à la barque et j'ai entrepris de l'attacher avec un câble. C'est alors que j'ai remarqué le contour d'un corps dans le fond de l'embarcation. Je me suis approché et la sirène a relevé la tête vers moi. Je la sentais encore effrayée, cependant elle ne fuyait pas mon regard.

— J'espérais que tu viendrais, m'a-t-elle lancé d'une petite voix.

Je ne savais pas trop quoi dire. Je ne pouvais me servir de mes *pick-up lines* de bar, de toute façon, ce n'est pas comme si elles étaient vraiment efficaces. Alors, j'ai décidé de jouer franc-jeu.

— J'ai pensé à toi…

Elle ne portait toujours pas de vêtements. Malgré la fraîcheur de la journée, elle ne semblait pas incommodée par le froid. Elle s'est assise sur un banc et je me suis installé en face d'elle. On a discuté. Elle m'a avoué qu'elle rêvait depuis son jeune âge de découvrir le monde du dessus. Par contre, elle n'avait jamais osé parler à un humain avant.

Je lui ai dit que je n'avais jamais vu une fille comme elle. Et c'était vrai. OK, c'était une sirène, mais même sans ça... Elle avait la peau blanche de celle qui ne va jamais au soleil, pourtant elle ne semblait pas malade. Ça avait un aspect crémeux, soyeux. Son regard avait la profondeur d'une mer chaude, ses cheveux tombaient en cascade jusqu'au bas de son dos. Et ses seins, même si je combattais pour ne pas les fixer, j'y revenais sans cesse. Ils se gonflaient au rythme de sa respiration.

On a discuté pendant plus d'une heure. Elle parlait notre langue avec un accent étrange qui roulait comme la houle. Avec elle, je baissais ma garde. Plutôt que de me cacher derrière l'humour, j'osais m'ouvrir. La première chose que je me suis rendu compte, c'est que je déballais mes rêves, mes projets, des sujets si intimes que je ne les avais jamais confiés à qui que ce soit.

À un certain moment, elle m'a dit qu'elle devait repartir, qu'elle ne pouvait rester trop longtemps hors de l'eau. Pris d'une impulsion subite, je l'ai pressée contre moi et je l'ai embrassée. Elle s'est crispée et je me suis traité d'idiot en sentant ma langue buter sur ses dents en rangées serrées comme des soldats sur le champ de bataille. J'étais sur le point de m'enfuir dans la honte quand sa mâchoire s'est relâchée et qu'elle s'est mise à répondre avec ferveur à mon baiser.

Avant que je ne puisse ajouter quoi que ce soit, elle s'est détachée de moi et s'est lancée à l'eau.

J'ai observé le lac avec un pincement au cœur jusqu'à ce que sa tête perce la surface.

— Je vais revenir, a-t-elle murmuré avant de disparaître pour de bon.

J'aurais voulu la questionner. Revenir quand? Ce soir? Demain? À un moment donné? Nous n'avions échangé ni courriel ni numéro de téléphone…

Alors je suis rentré, j'ai défait mes bagages et j'ai décidé de prendre congé de mes cours du lundi.

Installé sur le fauteuil, je scrutais le lac. Je sursautais au moindre bruit, en espérant que cela annonçait sa venue. Puis, juste après le coucher du soleil, j'ai entendu des petits coups contre le battant. Le son était si discret que j'ai passé bien près de le rater. J'ai couru vers la porte… et elle était là.

Ça m'a pris un moment avant de m'apercevoir qu'elle avait des jambes. Deux. Longues et effilées. Des mollets fins, des cuisses fermes, des orteils délicats. Elle a avancé d'un pas maladroit. Elle s'est lancée à mon cou et nous nous sommes embrassés dans une étreinte passionnée.

On dit que les gens heureux n'ont pas d'histoire. Ce n'est pas tout à fait vrai. Ils en ont une, c'est juste qu'ils la gardent pour eux, de peur qu'en la partageant, ça perde de sa véracité. Que la réalité et la fiction fusionnent pour donner un récit qui ne rend pas hommage au temps passé.

Vous me permettrez donc de ne pas me perdre en détail sur ces premiers jours ensemble. Tout ce que je peux vous dire, c'est que j'étais dans la force de l'âge, célibataire, plein de foutre et d'hormones. Qu'auriez-vous fait à ma place si la plus délicieuse créature du monde avait frappé à votre porte complètement nue? Comme vous pouvez l'imaginer, nous n'avons pas parlé beaucoup. En fait, ce n'est que le deuxième jour qu'elle m'a dévoilé son nom. Ça sonnait comme un chant de gorge amérindien. Alors, je l'ai rebaptisé Julie. Elle a ri en entendant ce nom… j'aurais tué pour ce rire.

Dans nos rares discussions, elle m'a expliqué qu'elle avait fait le choix de vivre parmi *Ceux-du-dessus* comme elle nous appelait en adoptant leur apparence. La magie durerait tant que je conserverais son secret. Si je disais la vérité à qui que ce soit, elle reprendrait sa forme initiale et ne pourrait jamais redevenir humaine.

On ne sortait pas du chalet. Elle m'apprenait sa langue, je lui partageais la mienne. Je la découvrais, elle me goûtait. Elle s'immergeait régulièrement dans le gros bain en fonte de mes parents. Et moi, je me noyais en elle pour ressusciter au contact de ses lèvres.

J'avais déjà raté une semaine de cours quand on a avisé que ce serait une bonne chose de lui procurer des vêtements. Jusque-là, on n'en avait pas trouvé l'utilité.

On a commencé à sortir. Pas très loin : La Malbaie, Clermont, Baie-Saint-Paul. Julie demeurait farouche au contact des autres et montrait des signes de nervosité en voiture. Par contre, elle adorait marcher dans la forêt. Elle observait la nature avec le regard d'un enfant qui voit un arbre pour la première fois.

Très vite, les étreintes du début se sont muées en complicité véritable. Julie était vive, enjouée, curieuse. Elle voulait tout savoir sur mon monde. Après deux semaines, j'ai dû repartir en ville pour sauver ma session. Je l'ai suppliée de m'accompagner, mais elle ne se sentait pas prête à affronter la faune urbaine. Alors, je lui ai confié les clés du chalet en lui promettant de revenir dès que possible.

Ma vie à Québec s'est passée dans une bulle, comme un rêve. Mes amis me reprochaient d'être toujours distant, dans la lune. Je ne pensais qu'à Charlevoix et à l'adorable Julie. Mes résultats scolaires s'en sont ressentis, cependant je ne parvenais pas à puiser la motivation pour lire mes notes ou pour simplement écouter ce que disait le professeur.

La semaine suivante et l'autre d'après, je l'ai rejointe dans notre antre, hors du temps, hors du monde. On bâtissait des projets, je lui faisais découvrir notre univers... et on faisait l'amour.

Avec le temps, nos sorties exploratoires se sont faites plus nombreuses. Julie m'a même accompagné au casino... cinq minutes. Elle ne pouvait endurer les gens, le bruit, la folie ambiante. On est aussitôt revenu au chalet. Elle s'est jetée dans l'eau glaciale de décembre, comme si elle avait besoin de retrouver son élément. Malgré la glace qui commençait à se former, elle batifolait comme un dauphin. Juste de la regarder, je craignais de souffrir d'hypothermie. Quand elle est ressortie, on s'est allongé sous plusieurs couvertures devant un bon feu.

Julie faisait preuve d'une curiosité insatiable. Comme elle ne pouvait ni lire ni se servir d'un ordinateur, je lui ai trouvé un lecteur de DVD. À chacun de mes passages, je lui apportais des piles de films et de séries télévisées. Quand je regagnais notre sanctuaire, elle m'en demandait de nouveaux.

À part son activité de cinéphile boulimique, j'ignorais tout de ce qu'elle faisait en mon absence. Tout ce que je savais, c'est qu'elle mangeait très peu des produits que je laissais au frigo; elle adoptait un régime à base de poissons. Crus de préférence... Heureusement, elle ne m'imposait pas de partager son menu!

Quand je m'engageais dans l'entrée avec ma voiture, mon cœur cessait de battre jusqu'à ce que Julie sorte pour m'accueillir. Elle n'y manquait jamais.

Pour le temps des Fêtes, j'ai aménagé avec elle. La route n'était plus praticable, alors je me suis rendu sur place en motoneige. On a vécu dans notre cocon jusqu'au retour des classes. Pour la première fois de ma vie, j'étais bien avec une femme.

Seulement, notre histoire était vouée à l'échec. Pas tant parce que Julie était issue d'un monde étranger au mien, qu'elle avait cinquante ans de plus que moi et qu'elle avait passé la majorité de son existence avec une queue.

Non, le problème venait d'ailleurs.

Julie avait une foule de manies irritantes. Je pouvais m'accommoder de la plupart. Sauf une qui m'horripilait! En fouillant dans les choses de mes parents, elle a découvert un lecteur de CD et quelques albums. Je l'ai initiée à différents genres musicaux. Elle demeurait insensible aux chansons populaires, s'ennuyait lors des refrains des Beatles, ne montrait qu'un intérêt poli pour Mozart, Beethoven, Chopin et les autres compositeurs classiques... Jusqu'à ce que je mette un CD de Garth Brooks qui appartenait à Dieu-seul-sait-qui. Pas à moi en tout cas, ni à personne de ma famille. Elle a A-D-O-R-É.

À partir de ce jour, tous les matins, je dis bien TOUS les matins, elle se réveillait en mode country. Et elle l'écoutait fort. Et longtemps. Je vous mets au défi de commencer la journée avec les complaintes d'un cow-boy solitaire, jour après jour. J'en faisais de l'insomnie. Encore

maintenant, la moindre voix nasillarde de fermiers al-
cooliques suffit à me faire dresser les poils dans le dos.

Ça a été le début de la fin pour nous. Je ne m'en
rendais pas compte parce que le sexe était si bon et elle, si
belle.

Avec le temps, les aspects amusants de la person-
nalité de l'autre finissent par devenir irritants. Julie ne connaissait rien à la vie moderne, sinon ce qu'elle en découvrait par la lorgnette du cinéma américain. Au départ,
c'était charmant... Quand la passion s'est estompée, j'avais
l'impression de faire l'éducation d'un enfant. Quant à son
monde, elle refusait d'en parler. Au début, je trouvais ça
mystérieux, cependant c'est devenu lassant.

Je n'avais jamais vécu avec quelqu'un avant et plus
ça allait, plus je ne voyais que les contraintes de la situation. Et je repensais avec nostalgie aux bienfaits du célibat.

Avec une fille normale, j'aurais rompu dès que la
passion a tiédi. Sauf que je n'osais pas la rejeter. Julie avait
abandonné son monde pour moi. Disons que ça met un
peu de pression. Alors, j'ai fait ce que tout bon mâle se doit
de faire en pareille circonstance : je me suis assuré d'être le
plus désagréable possible pour la pousser à me quitter. Je
voyais bien qu'elle se refermait chaque jour, mais elle demeurait avec moi et faisait des efforts pour me plaire. Ce
qui me la rendait encore plus insupportable.

À la fin du printemps, je crois que mes parents
étaient en Turquie ou au Maroc, un couple d'amis est venu
souper au chalet avec nous. J'avais le vin mauvais ce soir-
là. Julie était si parfaite et je me sentais si minable d'être incapable d'être heureux en sa compagnie. Quand quelqu'un
lui a demandé ce qu'elle faisait dans la vie, je me suis mis
à rire en lâchant qu'elle était une sirène. Ça prendrait sans

doute des heures de thérapie pour expliquer ma réaction. Probablement que le mot lâcheté ferait partie de la réponse…

Julie m'a fixé les yeux pleins d'eau. À ce moment, mon cœur s'est brisé. J'aurais voulu retenir mes paroles, toutefois, c'était trop tard. Avant même que je ne puisse me lever, elle s'était enfuie. Je suis arrivé à la porte du chalet un peu après elle, mes deux amis sur les talons. On n'a trouvé que ses vêtements lacérés et des traces de reptation jusqu'à la plage.

Elle était partie… et je ne l'ai plus jamais revue.

Je vous raconte cette histoire et je me rends compte que son amour du country n'y est pour rien dans l'échec de notre relation. Ce n'est qu'une excuse bidon, un récit que je répète depuis si longtemps qu'il est plus tangible que la réalité. Lors des moments de cafard, il m'arrive de reconstruire le monde à coup de « et si… ». Je repasse le fil des événements dans ma tête, cherchant à comprendre ce qui s'est produit. Dans ces moments, quand je cesse de me mentir, je dois admettre que la musique country ne m'a jamais dérangé tant que ça.

La vérité, c'est que je n'ai jamais été capable d'y croire. Pas qu'elle soit une sirène. Mais qu'elle m'aime. Moi.

Chaque année, on dénombre environ 80 morts par noyade au Québec. Du lot, il n'est pas rare qu'une ou deux se produisent dans Charlevoix, dans le lac des Sables. Et chaque fois que les journaux en font mention, j'ai un serrement au cœur. Parce que je sais ce que ces hommes allaient chercher dans les profondeurs de l'eau.

L'amour ou la passion. Quand on est jeune, c'est la même chose.

Je l'avais trouvé, sans être capable de le garder.

Dans les moments les plus sombres, après notre rupture, je me disais qu'elle aurait dû me laisser grossir les statistiques sur les noyades…

Heureusement, j'ai refait ma vie depuis. Ça a été long, mais j'ai pu accueillir le bonheur de nouveau. Par contre, je ne suis jamais retourné au chalet de mes parents.

L'Art secret de la filature

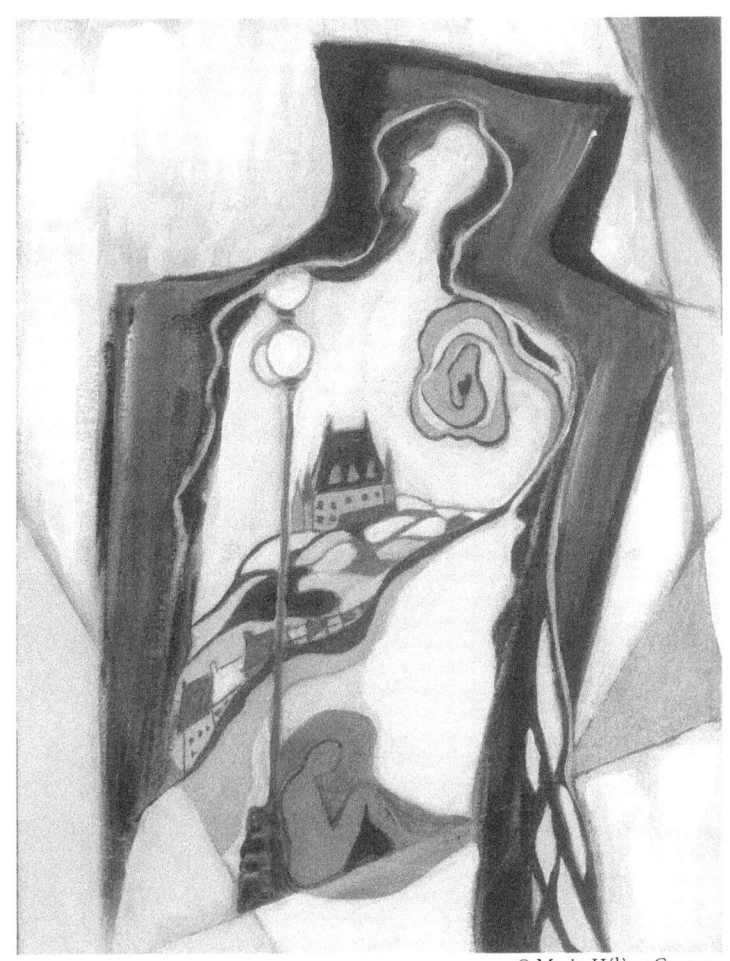

© Marie-Hélène Comeau

61

Connaissez-vous Michel Pellerin ?

Ceux qui ont déjà habité la ville de Québec l'ont sans doute croisé alors qu'il marchait sur le chemin Sainte-Foy entre le quartier Montcalm et l'Université Laval. Matin et soir, beau temps mauvais temps, il faisait le trajet entre sa maison et l'université à pied. On peut dire qu'il portait bien son nom de Pellerin : celui qui marche.

Je l'ai connu pendant mes études. Il m'enseignait dans plusieurs cours sur la littérature québécoise. C'est un professeur passionné, un écrivain de talent, un merveilleux conteur d'anecdotes et un homme dont l'érudition n'avait de cesse de me surprendre.

Puis, il y a dix ans, il a disparu. Un matin, il s'est volatilisé sans laisser de traces. Je commençais alors dans le journalisme. J'ai pondu deux articles sur le sujet. Toutefois, il y avait peu à dire puisque les policiers ne disposaient d'aucun indice.

Quand enfin il est réapparu, cinq semaines plus tard, je me suis servi de mon lien avec lui pour avoir une primeur. Au départ, il s'est enfermé dans le mutisme. Après quelques rasades de vodka, j'ai pu lui tirer les vers du nez.

Par contre, je n'ai rien écrit à ce sujet. Avant ce soir, je n'ai jamais eu le courage de rapporter son récit.

C'était un homme sans histoire. En fait, il en avait plein, mais il se contentait de les coucher sur papier. Il voyageait beaucoup, vivait mille aventures, néanmoins aucune d'entre elles ne mettait sa vie en danger.

Tout a commencé en plein milieu du semestre d'hiver. Michel a remarqué quelqu'un qui l'observait. Selon ses dires, l'inconnu restait planté sous sa fenêtre pour le regarder jusqu'à ce qu'il sorte de la maison. Alors, il le prenait en chasse.

Il se sentait comme un suspect en filature dans un roman policier. Sauf que là, l'individu qui le poursuivait ne faisait aucun effort pour se fondre dans le décor. Au contraire, il donnait l'impression de souhaiter qu'on le voie. Et dès que Michel s'avançait vers lui, il s'éloignait, évitant tout contact.

Le manège a duré quelques jours. Même si l'autre ne montrait aucun signe d'agressivité et qu'il ne paraissait pas dangereux, Michel en avait assez. Ça le rendait fou. Il ne pouvait se concentrer ni sur ses cours, ni sur son écriture, ni sur sa vie en général. Chaque fois qu'il en parlait, les gens se moquaient de lui. Quand il a appelé la police, on a dépêché un agent. Bien sûr, lorsqu'il s'est pointé, le malotru avait disparu, pour revenir sitôt l'inspecteur reparti.

Le lendemain, Michel a pris place devant la fenêtre du salon pour détailler les traits de son poursuivant. Il n'avait rien du méchant de roman : grand, plutôt mince, de courts cheveux châtains et frisés, des yeux pers dépourvus de malice, une barbe de quelques jours qui ne couvraient pas ses joues et encore les mêmes vêtements qu'il endossait jour après jour, à croire qu'ils faisaient partie intégrante de son corps. Michel lui trouvait un air de petit garçon perdu… de fait, il semblait un peu plus jeune que ses étudiants : vingt ans tout au plus.

Il a chassé cette pensée pour se concentrer afin de déterminer le meilleur moyen pour se débarrasser de l'inopportun. Depuis le début de cette ridicule traque, il avait tenté bien des fois de raisonner son poursuivant tant par mots que par gestes, sans succès.

L'autre s'est levé. Michel espérait que ce soit le signe de son départ, qu'il soit enfin las de ce petit jeu. Mais

non, il s'est approché de la fenêtre. Les deux hommes auraient presque pu se toucher, n'eût été de la vitre qui les
séparait. Il a plongé son regard dans celui du professeur et
lui a fait un sourire narquois assorti d'un geste de main.
Michel a accusé le coup. C'était de la provocation.
Il s'est juré que ce jour-là, il allait se débarrasser de ce poids
encombrant avant la fin de la journée.

Il s'est dirigé vers l'université, à pied comme
d'habitude. Mine de rien, il demeurait aux aguets, attentif
au bruit des pas dans son dos. Le trajet entre son domicile
et son lieu de travail prenait quarante minutes. Quarante
minutes qu'il occupait habituellement à mettre de l'ordre
dans ses idées, à préparer ses cours ou à élaborer des projets de nouvelles littéraires dont la plupart seraient con-
damnées à ne jamais être couchées sur papier, faute de
temps pour les écrire.

Cependant, depuis le début de la traque, ces
quarante minutes s'étiraient interminablement; il souffrait
pendant deux mille quatre cents secondes à se retourner
sans cesse dans l'espoir que l'autre le laisse en paix. Cruel
constat : tous les jours, il traînait le même boulet.

À l'université, il jouissait d'une relative sécurité. Il
s'enfermait dans son bureau pendant que le jeune homme
s'asseyait contre un grand érable face à sa fenêtre. Alors
que Michel donnait ses cours, l'autre l'observait du corri-
dor. Par moment, le professeur en perdait tous ses moyens
et bégayait devant une classe hilare.

Ce jour-là toutefois, Michel ne se rendit pas au
travail. Il voulait mettre en œuvre le plan qu'il venait de
concocter. Au lieu de continuer tout droit sur le chemin
Sainte-Foy, il a tourné à gauche sur Marguerite-Bourgeois.
Le jeune homme le suivait. Pour une fois, il en fut bien
heureux.

Michel a accéléré le pas jusqu'au boulevard Laurier. De là, il a viré à gauche, puis à gauche sur une petite rue perpendiculaire et encore à gauche quelques mètres plus loin. Résultat de ce stratagème : il s'est retrouvé juste derrière son tourmenteur.

Les rôles venaient de s'inverser. Michel prit son poursuivant en chasse avec une joie sauvage. Le jeune détala aussitôt et Michel embraya au pas de course. Le gentil professeur voulait lui faire payer l'acharnement qu'il avait mis à le filer.

Ils tournèrent à droite sur le boulevard Laurier en direction de Sainte-Foy et des centres commerciaux. L'instant d'une seconde, alors que son tourmenteur lui dévoilait son profil, Michel remarqua un sourire narquois. Plus tard, il allait m'avouer que dès ce moment, il avait eu l'impression que ce changement de rôle faisait partie d'un plan. La chasse était lancée et il ne pouvait – ou ne voulait, ce n'était pas si clair dans son discours – plus reculer.

L'autre était plus jeune, plus en forme, plus rapide. Bientôt, il distança Michel, incapable de suivre le rythme. Il vit son persécuteur bifurquer brusquement à droite pour s'engager dans une ruelle dont le professeur ignorait l'existence, lui qui connaissait pourtant la ville de Québec comme le fond de sa poche pour en avoir battu le pavé plus d'une fois.

Michel atteignit l'endroit, le souffle court. Il remarqua le jeune homme qui s'engouffrait dans un immeuble au bout de la rue, bien plus loin.

Michel continua d'avancer d'un pas lourd. S'il marchait beaucoup, il approchait la mi-cinquantaine et n'avait jamais trouvé d'intérêt dans le jogging. Il appréciait plutôt le rythme contemplatif de la marche, propice à la création.

Le corps couvert de sueur, il arriva à destination et nota l'adresse du domicile présumé de son tourmenteur. Ainsi, les policiers ne pourraient pas lui répondre comme les fois précédentes que sans le moindre élément de preuve, ils ne pouvaient monter un dossier d'enquête.

Il s'éloigna ensuite pour atteindre une intersection afin d'y lire le nom de la rue, néanmoins, il en fut incapable. L'alphabet ressemblait à du cyrillique, sans en être tout à fait. Michel tourna les talons et se mit en branle pour regagner le boulevard Laurier et sa rassurante familiarité. De là, il se rendrait à l'université. Il se sentait à la fois satisfait et déçu : satisfait de se déplacer sans présence gênante derrière lui; déçu d'ignorer pourquoi il avait fait l'objet d'une telle poursuite.

Il se trompa de chemin, du moins c'est ce qu'il crut, car il ne rejoignit pas le boulevard Laurier. Par contre, il déboucha bel et bien sur une grande artère. Il regarda autour de lui, sans reconnaître quoi que ce soit à l'architecture des bâtiments. Il évoluait dans un décor sorti tout droit des *soaps* américains du début des années 1980. Pour contrôler les idées folles qui se bousculaient dans sa tête, il se dit que sa marche l'avait mené plus loin qu'il ne le pensait. Malgré tout, il se savait ailleurs. Il connaissait Sainte-Foy et il ignorait où il se trouvait. Assurément, ce n'était pas dans la grande région de Québec.

Au premier coin de rue, il vérifia le nom du boulevard : encore cet alphabet étrange.

À ce moment, il fut incapable de juguler la panique qui le gagnait. Il se lança dans une course désespérée sans but précis. Il passa à côté de plusieurs restaurants et magasins qui présentaient des affiches dans la même langue exotique. Il redoutait quelque chose de terrible.

Il croisa une cabine téléphonique. Il arracha l'annuaire et le compulsa frénétiquement. Comme il le craignait, il ne dénicha ni son nom ni celui de quiconque de sa connaissance. Du moins, autant qu'il puisse en juger puisque la lecture lui en était impossible.

Il prit une grande respiration pour clarifier son esprit. Il ignorait où il se trouvait. Pire encore, il n'avait aucune idée de la façon dont il y avait abouti. Sa seule certitude était que son ancien poursuivant avait joué un rôle dans ce phénomène. Il se força à marcher, d'un pas calme qui contrastait avec sa tempête intérieure, en direction de l'appartement où l'avait mené sa propre filature.

Il retrouva l'édifice sans trop de peine. Il en fit le tour pour s'assurer qu'il n'y avait pas d'autre sortie, puis il se posta dans le hall.

Et il attendit.

Le temps s'écoula, lentement, l'obligeant à réfléchir à sa situation impossible.

Que lui arrivait-il?

Le passage d'une jeune femme blonde à la silhouette effilée interrompit le cours de ses pensées. Elle marchait d'un pas aérien et l'ignora ostensiblement, comme le font bien des beautés dans la force de l'âge.

Sans que ce soit une décision consciente, il se mit à la suivre. Dans un premier temps, il ne comprenait pas ce qui le poussait à la prendre en chasse, cependant il commença rapidement à y prendre goût, usant de tous les moyens à sa disposition pour qu'elle le voie, tout en se ménageant une porte de sortie pour s'éclipser si elle se dirigeait vers lui.

Au début, plongée dans ses propres pensées, elle ne se préoccupa guère de lui. Puis, elle montra des premiers signes de nervosité, ce qui ne fit qu'ajouter à la fougue de Michel. Elle lui jetait des regards en coin, empruntait mille détours, suivant une trajectoire aléatoire d'un pas sans cesse croissant. Son inquiétude fit place à une panique latente, ce qui donna des remords à Michel. Il chassa cette pensée en se concentrant sur sa famille : il ne connaissait pas d'autres moyens pour revoir les siens.

Ce qui avait commencé comme un jeu devint rapidement une question de survie. Michel comprenait confusément que c'était la meilleure façon de revenir chez lui, dans son monde. Du moins, il s'accrochait à cette idée de peur de se noyer dans le désespoir.

Après tout, si cela avait fonctionné pour son tourmenteur…

La femme tenta de le semer. La pauvre n'avait aucune chance. Son rôle d'homme pourchassé avait permis à Michel de s'initier aux subtilités de l'art de la filature.

Michel jubila en notant les mouvements désordonnés de la belle. Elle craquerait plus vite que lui.

Cette nuit-là, il a dormi à sa fenêtre. Le lendemain aussi. Et la nuit suivante. Quand les policiers s'amenaient, il trouvait refuge dans un immeuble voisin avant de reprendre son poste sitôt leur départ constaté. Et tous les jours, il la traquait. Quand elle pensait se défaire de lui, il revenait, plus tenace. Enfin, un matin, il lui servit son sourire narquois et, comme dans son cas, cela eut l'effet d'une bombe.

Sans même prendre le temps de se maquiller, elle est sortie de son appartement et l'a pris en chasse. Une vraie furie. Michel ressentit un certain malaise à transmettre son problème à quelqu'un d'autre. Toutefois, il ne voyait pas d'autres options.

C'est ainsi qu'il est revenu à Québec, dans son monde, et qu'il a retrouvé le confort de son foyer.

Ce qui n'avait duré que trois jours dans cet univers inconnu équivalut à cinq semaines dans notre monde.

Vous comprenez que je n'ai rien écrit de tout ça dans le journal. Je m'en suis tenu à la version officielle : il a été victime d'un accident qui a causé une perte de mémoire et il ne se souvient de rien.

Je sais que c'est absurde, mais depuis que j'ai partagé cette bouteille de vodka avec Michel et qu'il m'a raconté ce qui lui est arrivé, je ressens un malaise chaque fois que quelqu'un marche derrière moi. Et je me mets à accélérer, le corps parcouru de frissons.

Puis, je repense à cette histoire. Alors, je m'assure de ne pas regarder derrière moi, de ne pas montrer ma peur, de tout faire pour éviter d'attirer l'attention d'un poursuivant. C'est égoïste, je le sais, mais je préfère que ce soit un autre que moi qui se fasse traquer.

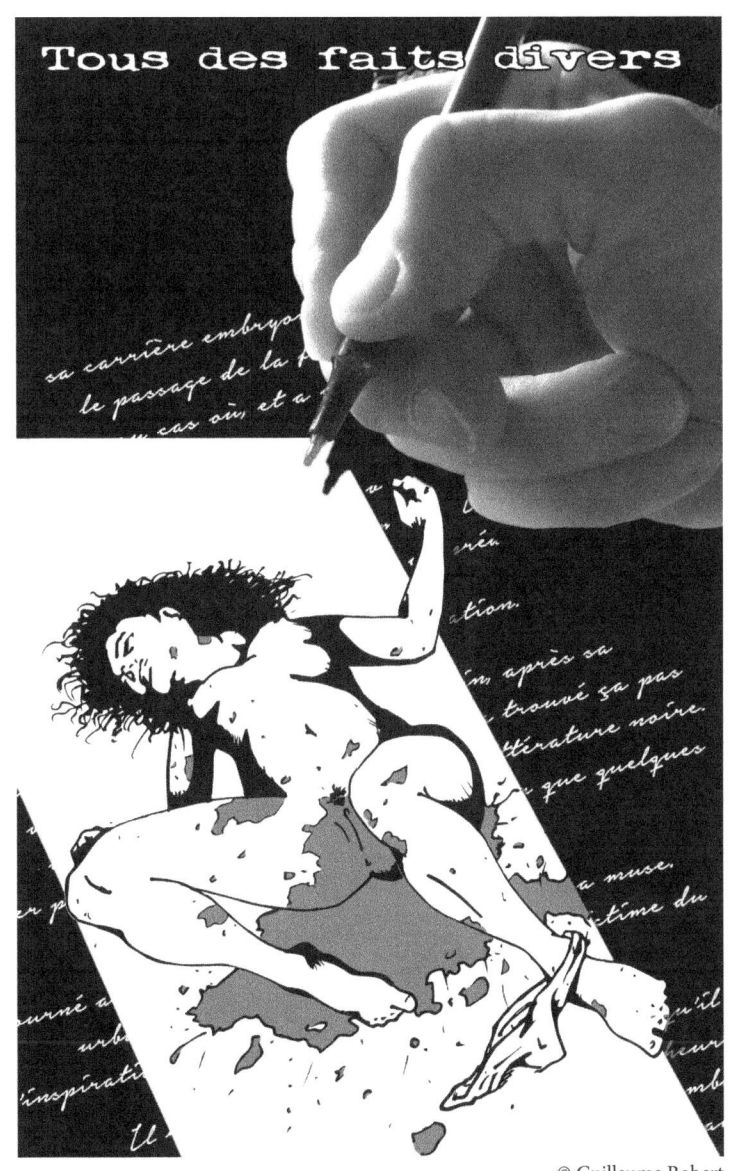

© Guillaume Robert

Pendant trente ans, Lucien Demers a vécu au rythme des enquêtes policières alors qu'il était journaliste attitré aux faits divers. Ce fut l'un des meilleurs que le Québec a connu. Il a pratiqué la profession avant que le *human interest* ne prenne toute la place, quand la qualité d'un article ne se chiffrait pas en nombre de clics, de tweets et de partages.

Toute sa vie, il a ri de ses collègues de la télévision qui allaient foutre leur micro sous le nez des voisins, surtout que ceux-ci répétaient sans cesse le même discours : ils n'avaient rien vu venir, ne s'en seraient jamais douté, ne savaient rien... Lucien parlait à ceux qui savaient : aux enquêteurs, aux avocats, aux criminels. Il fouillait ses sujets pour en débusquer le moindre détail.

Puis, il y a cinq ans, son nouveau patron lui a demandé d'interroger les deux enfants d'âge adulte d'un couple d'aînés qui venaient de commettre un double suicide. Lucien lui a expliqué qu'il avait un code d'éthique personnel : ne jamais publier de potins et ne jamais creuser dans les cas où les gens se donnaient volontairement la mort. Son rédacteur en chef lui a dit que ses scrupules l'honoraient, avant de le mettre à la porte pour confier le sujet à un plus jeune. Fin de l'histoire et de sa carrière. Il avait 52 ans. S'il avait un coussin financier assez confortable, il se sentait trop jeune pour être retraité.

La plaie ne s'est jamais vraiment refermée. Des mois plus tard, il se réveillait encore au milieu de la nuit quand il croyait entendre les grésillements de la fréquence des services d'urgence.

Après sa retraite forcée, il a décidé d'écrire des romans policiers. Pourquoi pas? Ce genre littéraire a la cote. Et qui de mieux que lui pour décrire les dessous du l'univers interlope?

Ce fut un échec retentissant. Les gens lisent des enquêtes pour l'évasion; s'ils espèrent de la vraisemblance, ils ne veulent surtout pas qu'on les ramène à leur quotidien. Le travail des policiers, les rencontres pour faire le point ou adopter une stratégie, la paperasse, les délais interminables avant d'avoir les résultats des techniciens… tout le monde s'en fiche. Ce qu'ils désirent, c'est de l'action, de l'adrénaline. Ils veulent Humphrey Bogart. Ou, pour les plus jeunes, Bruce Willis. Ou, pour les vrais jeunes… Qui se préoccupe de ce qu'ils souhaitent?

Alors, il s'est attaqué à d'autres genres. Sans grand succès. Il griffonnait une centaine de mots dans sa journée et passait le reste de son temps à trouver dans quel ordre les mettre.

Découragé, il a abandonné ses velléités de devenir romancier.

Il est revenu aux faits divers à titre de collectionneur. Chaque matin, il traquait les histoires criminelles juteuses dans les quotidiens de Québec. Puis, il les découpait pour les coller dans un de ses *scrapbooks*.

C'était son seul petit plaisir de la journée. Ensuite, il se contentait de vivre. Sans grand plaisir.

Il s'est perdu dans cette routine pendant des mois. Jusqu'à ce qu'un soir, il s'installe sur la terrasse d'un café de la rue Saint-Jean. Pas pour la qualité de l'allongé, ni même parce qu'il y avait ses habitudes. Il s'est seulement rendu là par hasard, guidé par l'envie du moment. Une fois assis, il s'est mis à observer les passants. Sans arrière-pensées. Et bien vite, il a commencé à leur imaginer les pires malheurs. À sa décharge, rappelons que pendant la majorité de sa vie adulte, il a côtoyé ce que l'humain pouvait offrir de plus laid. Alors, il s'agissait en quelque sorte d'une déformation professionnelle.

Et il l'a remarquée. Une belle mulâtre dans la vingtaine, le port altier, moulée dans une robe rouge. D'autres yeux l'ont suivie, certains avec désir ou convoitise. Cependant, je suis prêt à gager qu'il était le seul qui se la soit figurée alors qu'elle se faisait séquestrer dans un appartement désaffecté de la Basse-Ville où trois membres d'un gang de rue lui faisaient subir les derniers outrages.

Pour la première fois depuis qu'il avait enterré sa carrière embryonnaire de romancier, il a ressenti le besoin d'écrire. L'histoire l'obséda bien après le passage de la femme. Il a tiré un stylo et le carnet Moleskine qu'il traînait toujours sur lui, au cas où, et a couché sur papier tous les détails sordides.

Le récit s'est rédigé tout seul comme si les mots lui étaient dictés. Il voyait tout : le sang sur les murs, la robe déchirée, les tatouages nazis sur les bras des trois hommes. Il entendait les cris de la femme, ses supplications, les halètements des agresseurs, leur rire de prédateur.

Il s'est senti oppressé jusqu'à ce qu'il pose le crayon. Ce fut alors la libération.

Quand il est rentré chez lui, il s'est endormi comme un bébé. Le lendemain, après sa recension des meurtres, des vols, des viols et des voies de fait, il a relu le texte et a trouvé ça pas mal du tout. Il pourrait sans doute la soumettre à une revue spécialisée dans la littérature noire. Il a passé une partie de la journée à le fignoler pour, au bout du compte, ne changer que quelques virgules.

Après un souper solitaire, il est retourné au café dans l'espoir d'y retrouver sa muse. Pendant plus d'une heure, il a regardé la faune urbaine en tentant de départager la victime du bourreau. Par contre, il ne ressentait pas l'inspiration grisante de la veille.

Il est donc rentré chez lui, en maugréant. Il ruminait encore des idées noires lorsqu'il a croisé un marcheur qui avançait la tête basse. En fait, le jeune homme a passé près de le heurter. Dès ce moment, une histoire a émergé. Les morceaux du casse-tête se sont immédiatement emboîtés. Il a regagné sa demeure à la hâte et, d'un seul jet, il a rédigé le récit : une mise à mort à cause d'une dette de drogue qui a trop traîné.

Le lendemain, comme il se sentait mal, il n'a pas retouché ses écrits et a choisi de ne pas se rendre au café.

Puis, le surlendemain, lors de sa recherche de faits divers dans les quotidiens, un article a retenu son attention : une jeune femme violée par trois individus. Et plus loin, un homme tué pour une histoire de drogue. S'il n'y avait pas de photo de la mulâtre, l'identification du défunt ne laissait aucun doute.

Sous le choc, Lucien a mis un long moment avant de réagir. Puis, il a appelé quelques contacts dans la police. Des vieux de la vieille qui l'avaient connu au faîte de sa carrière journalistique. Pour éviter d'éveiller les soupçons, il leur a raconté qu'il songeait à lancer un site Internet d'actualité judiciaire. Il les a cuisinés sur les deux meurtres. Tout concordait. Pour ce qui est des coupables, les forces de l'ordre ne les avaient toujours pas appréhendés. Lucien pouvait les décrire avec moult détails – il avait même « entendu » certains noms. Cependant, il se heurtait à un problème de taille : il ignorait comment expliquer de quelle manière il les avait vus.

Il a rappelé plus tard, d'une cabine téléphonique, pour donner un signalement anonyme des membres du gang de rue néonazis et des dealers qui avaient tabassé à mort le mauvais payeur.

Pendant quelques jours, il s'est terré chez lui pour être sûr de ne croiser personne afin qu'aucun récit ne s'impose à lui. Toutefois, la curiosité fut plus forte. Il est retourné au café. Il entamait son deuxième allongé lorsqu'il a remarqué un adolescent. En fait, il ne le voyait pas vraiment, il lui imaginait un futur possible : un homme, en tentant de lui arracher son sac à dos, le projetait devant une voiture.

Lucien s'est dit que s'il n'écrivait pas sur ce sujet, rien de tout cela n'aurait lieu.

Il a donc combattu le besoin qui le taraudait et s'est couché tourmenté.

Erreur! Dans l'édition du matin, le corps écrasé s'étalait sur la première page du quotidien avec la photo du gamin en mortaise.

Lucien a décidé de faire le point pour trouver une logique à tout ça. Premier cas : il imagine que la femme se faire violer, il écrit son texte, le retravaille le lendemain, puis deux jours plus tard les journaux en parlent. Deuxième cas : il croise un homme qui devait être battu à mort, il écrit l'histoire et un article est publié le surlendemain. Troisième cas : l'écrasement du jeune fait la une du quotidien alors qu'il n'a rien écrit.

Il devait y avoir une explication…

À force de se triturer les méninges, une idée folle jaillit : et si le drame était repoussé de 24 heures quand il réécrivait la scène?

Il a décidé de tester sa théorie le soir même. Lors de déambulations nocturnes, il a croisé un homme d'un certain âge, l'air taciturne. Dès que leurs regards se sont croisés, Lucien a été assailli par des images si troublantes qu'elles en devenaient douloureuses. Le marcheur avait disparu depuis un long moment, quand Lucien a pu reprendre une respiration normale. Il venait de voir un suicide, par pendaison.

Peut-être que s'il reprenait tous les jours le récit, il pourrait en changer le dénouement?

Et c'est ainsi que tous les soirs, il a recopié le texte. Le même malheur insoutenable qui menait au bout d'une corde relaté de la même manière. Il était bien conscient de l'ironie de la situation : lui qui avait toujours évité de s'épancher sur ce type de crime, le voilà qui le répétait encore et encore. Toutefois, le résultat parlait de lui-même : le matin, il ne dénichait aucune trace de cette nouvelle dans la rubrique des faits divers.

Il ignorait comment expliquer ce don, cependant il devait se rendre à l'évidence : il pouvait voir les malheurs avant qu'ils ne se produisent et éviter leur réalisation en écrivant un article en amont du drame.

Il a donc recommencé à hanter la ville, à la recherche de nouvelles personnes à sauver. Il découvrait un sens à sa vie; il avait une mission. Certains jours, il ne trouvait pas matière à travailler, alors qu'à d'autres moments, il débusquait des crimes à venir partout.

Au bout de quelques semaines, il s'est retrouvé avec 28 récits à réécrire tous les jours. Le poids de cette responsabilité lui pesait, néanmoins, il tirait satisfaction de savoir que ces inconnus pourraient poursuivre leur aventure sur Terre. Grâce à lui!

Un jour, en se rasant, il a croisé le regard d'un vieillard dans le miroir. Il a mis un moment à se reconnaître. Aussitôt, une vision a pris forme. Obsédante. Celle d'un homme dans la soixantaine qui se fait attaquer dans sa maison par des petits *bums*. Pas des vrais méchants, juste des gamins en manque d'attention qui veulent se prouver qu'ils sont des durs.

Depuis, Lucien écrit cette histoire, en plus de celles qu'ils devaient déjà recopier. Sans cesse les mêmes mots, dans le même ordre. Du matin jusqu'au soir. Il sort de moins en moins. Lorsqu'il le fait, il ajoute parfois un nouvel article à sa collection privée.

Et il craint le jour où il ne pourra plus tracer de lettres de sa main fatiguée. Car à ce moment, il deviendra lui-même un fait divers.

L'homme qui faisait pousser les mots

© Anne-Marie Lemaire

J'ai rencontré bien des écrivains qui, dans leur temps libres, font pousser des fleurs. C'est un passe-temps que je ne comprends pas, mais il y a des individus qui ont le pouce vert… même parmi les gens de lettres.

Par contre, j'ai connu un seul fleuriste qui faisait pousser des mots.

Vous en avez peut-être entendu parler. Il y a quelques années, une quinzaine maintenant, il avait connu une gloire éphémère dans la région de Québec grâce à un reportage télévisé. Un type singulier. Un excentrique. Chaque fois qu'il plantait une fleur, il entourait la graine d'un papier. Sur ce papier, il inscrivait un mot.

Et la fleur devenait le mot.

Pas littéralement, mais quand elle se conjuguait dans un bouquet, cela formait une phrase, un charme puissant qui pouvait lier les cœurs pour toujours.

Je me souviens de notre première rencontre. J'étais un petit cul à peine assez vieux pour écrire en lettres attachées. J'accompagnais mon père qui voulait acheter un bouquet pour ma mère. Un bouquet spécial.

Mon paternel avait vu le reportage à la télévision et m'avait parlé de cet homme comme du meilleur fleuriste au monde. Avec mon imagination fertile, je m'attendais à quelque chose d'immense, de grandiloquent, de spectaculaire… Il m'a plutôt conduit, à pied, jusqu'à un local exigu, écrasé entre deux édifices d'une ruelle de la Basse-Ville de Québec.

Quand j'y repense, je me rappelle surtout de l'odeur. Au-delà de celle des fleurs, je discernais des arômes de café chaud et de tabac froid.

Au fond de la boutique, un vieil homme s'occupait, avec une affection évidente, des fleurs de sa boutique. Il les arrosait, les coupait… leur parlait même. Il a à peine levé les yeux vers nous. Cela donnait l'impression qu'on le dérangeait. Comme s'il discutait avec un client important et qu'il nous priait d'attendre qu'il ait terminé avant de nous rejoindre.

Enfin, il a daigné s'occuper de nous et est venu à notre rencontre. Il nous a regardé tour à tour, le père et le fils.

— Que puis-je pour vous ? nous a-t-il demandé.

Mon père était un policier. Et disons, pour nourrir les clichés, que ce n'était pas l'homme le plus près de ses émotions.

— On vient prendre des fleurs.

Je le sentais mal à l'aise de répondre… ou tout simplement d'être chez un fleuriste.

— Un beau bouquet, s'est-il empressé d'ajouter.

Le vieil homme l'a fixé en silence. Puisque rien d'autre ne suivait, il a demandé :

— Mais encore ?

— Des roses, a murmuré mon père.

Je dois mettre quelque chose au clair tout de suite. Mon père, un peu comme moi, connaissait deux types de fleurs : les roses et les autres. Même que jusque-là, je soupçonnais mon père de n'en être qu'à l'étape précédente : les fleurs qui sentent bon et celles qui puent.

Le fleuriste a souri. Je reconnaissais ce sourire : celui qu'un parent fait à son enfant qui vient de prononcer une énormité.

Il a enlevé ses lunettes, les a essuyées sur sa chemise et les a remises sur son nez.

— J'imagine que c'est pour votre femme ?

Mon père a hoché la tête.

— Et que souhaitez-vous lui dire? a demandé le fleuriste.

Mon père est resté surpris. Après un moment, il a répondu :

— « Mon amour »… Euh! non. « À la femme de ma vie. »

Le fleuriste l'a interrompu en levant sa main.

— Non, je ne vous demande pas quel mot vous voulez écrire sur la carte d'accompagnement, mais ce que vous désirez que les fleurs expriment. Le message, l'intention derrière les fleurs. Vous avez bien une raison de les offrir. Non?

Les émotions et mon père n'ont jamais fait bon ménage. On en a eu pour un bon moment alors que sa machine interne cherchait les mots à mettre sur ce qu'il ressentait.

J'en ai profité pour poser la question qui me taraudait depuis qu'on m'avait parlé de ces fleurs magiques.

— Monsieur. Vos fleurs, c'est un peu comme un philtre d'amour?

Je pense, mais je ne peux le jurer, que l'homme a souri. Ce n'est pas évident à déterminer. Il n'avait pas une face à sourire.

Il s'est penché vers moi.

— En fait, non. Pas vraiment. Les fleurs ne peuvent faire naître une émotion qui n'existe pas. (Il a ménagé une pause pour faire plus d'effet.) Mais elles peuvent unir à jamais des gens liés.

Il a pointé une fleur près de lui. Un muguet, je crois. Mais bon, en matière de fleurs, je ne connais que deux catégories : les roses et les autres. Alors, il ne faut pas se fier à mon souvenir.

— Tu vois cette fleur ? Si tu la places avec celle-ci, le message est « Je n'aimerai jamais que toi », mais avec celle-là, cela veut dire « Je ne recommencerai jamais ».

Enfin, mon père a trouvé ce qu'il voulait dire, ou du moins ce qu'il voulait que les fleurs expriment pour lui. Il a poussé un soupir. Je parie qu'il aurait préféré être ailleurs. Mais il a joué le jeu.

— Je veux qu'elles disent : « Veux-tu m'épouser... pour la deuxième fois ? »

Le visage du fleuriste s'est illuminé. Ou du moins son regard, car le reste demeurait indéchiffrable.

— C'est inhabituel comme demande, mais avec le bon arrangement, on peut le faire.

Il semblait au comble de l'excitation. On sentait que le défi l'enthousiasmait. Il courait en tout sens et me donnait l'impression d'une fourmi en pleine action. Au bout de quelques minutes, il est revenu avec un bouquet au milieu duquel trônaient cinq roses couleur sang. J'aimerais dire qu'elles étaient extraordinaires, mais elles étaient banales. Communes. Des roses.

Le fleuriste a complété sa composition. Il avait sélectionné chaque élément avec soin. À la fin, nous avions un bouquet. Joli. Sans plus. J'en avais vu des similaires dans certaines pharmacies.

C'est après que j'ai vu sa magie à l'œuvre. Quand nous sommes arrivés à la maison, mon père a offert le bouquet à ma mère. Comme ça. Sans dire un mot. Je peux le jurer sur ma vie.

Dès qu'elle a humé les fleurs, ma mère a fondu en larmes. C'est d'un filet de voix qu'elle a soufflé. « Oui, j'accepte. » Quelques mois plus tard, ils se sont remariés.

J'ai oublié cet événement pendant des années.

J'étais jeune et quand je repense à mon enfance, la réalité, la fiction, la magie, le propre mythe que je me suis fait de mon enfance, tout ça se mélange. Je ne suis plus capable de faire la différence entre le vrai et le faux. Mais quand est venu le temps de déclarer mon amour à celle que j'aime, je me suis souvenu de cet artisan. De ce qu'il avait fait pour mes parents... de ce qu'il pouvait faire pour nous.

Mon père est mort maintenant. Il n'a pas pu guider mes pas à travers les dédales de la Basse-Ville. Porté par des souvenirs surannés, je me suis égaré plusieurs fois avant de trouver la petite boutique. Elle n'était pas plus grande que dans ma jeunesse, si ça se trouve, elle avait même rétréci.

Rien n'avait changé. Même odeur, si ce n'est du café qui a refroidi depuis le temps. J'ai reconnu le vieillard aux lunettes rondes derrière le comptoir. Il avait collectionné quelques rides de plus. Le sourire se faisait toujours aussi rare sur son visage. Mais c'était bien lui.

Je savais ce que je voulais, alors je n'avais pas à poser de questions sur la marche à suivre. J'ai attaqué en demandant un bouquet qui dirait : « Je veux passer ma vie à tes côtés. »

L'homme a pris ses lunettes, les a essuyées, sans ce presser, avant de les poser au bout de son nez. Puis il m'a scruté, en silence. Un éclair de compréhension s'est allumé. Il a murmuré : « Oh! Le fils. »

C'est tout : « Oh! Le fils. »

Puis il a baissé la tête. J'avais l'impression qu'il allait pleurer.

— Qu'est-ce qu'il y a ? ai-je demandé, mal à l'aise.

J'ai cru qu'il allait se murer dans le mutisme, mais il m'a répondu, dans un souffle.

— Mes fleurs ont cessé de parler.

Je suis resté étonné.

— Qu'est-ce qui s'est passé?

Il a pris une grande respiration :

— Ma femme est morte.

Une simple phrase. Toute la douleur du monde. Je suis resté sans mot. Que répondre à ça? Je pensais à toi. À nous. Et les larmes me sont montées aux yeux.

Après un silence, il a repris, d'un débit de plus en plus rapide, comme pour exorciser sa douleur :

— Un cancer. Une toute petite bosse au début. Rien de grave. Du moins c'est ce qu'on croyait. Quand on est allé voir les médecins, c'était trop tard. Elle avait déjà commencé à se faner comme une rose oubliée. Elle se mourait à petit feu, et moi je m'occupais de mes fleurs. Je contribuais à entretenir l'amour des gens… alors que je perdais le mien. Cela fait plus de dix ans. Et je ne m'en suis toujours pas remis. Ne m'en remettrai jamais.

J'aurais voulu le prendre dans mes bras. Le consoler. Le décharger d'une partie de sa peine.

Mais je suis demeuré planté là. À attendre.

Jusqu'à ce qu'il reprenne :

— Le plus ironique, c'est qu'après sa mort… (Il a buté sur ce mot, comme s'il en ressentait la douleur.) Tout le monde m'a offert des fleurs. J'en ai reçu des dizaines. Des centaines. Et tous ces mots d'encouragement. Mais rien de tout cela n'a pu apaiser ma souffrance.

Il a secoué la tête, puis a regardé autour de lui, comme s'il redécouvrait le local où il a passé tant d'années.

— Malgré tout, je suis revenu au travail. C'est tout ce que je sais faire. Ce que j'ai toujours fait. Mais bien vite, je me suis aperçu que la magie n'y était plus. Alors maintenant, je ne fais plus pousser des mots. Que des fleurs. Des fleurs ordinaires…

Il m'a montré la fleur qu'il tenait dans la main. La regarda presque avec mépris.

— Je me suis longtemps torturé pour essayer d'en comprendre la cause. Je ne prétends pas expliquer la magie, personne ne le peut, mais j'ai déduit au cours des années qu'elle ne fonctionne que si on y croit. Vraiment… À moins que l'explication ne soit plus simple encore, et que la magie provenait d'elle et de l'amour que nous partagions…

J'étais hypnotisé. Incapable de rompre le silence. Immobile. Le son de ma propre respiration me semblait intolérable.

Au prix d'un effort titanesque, j'ai réussi à briser mon immobilité et j'ai demandé un bouquet. Pour mon amoureuse. Le plus beau. Le plus cher. J'avais quand même une demande en mariage à faire. C'est à l'extérieur, sur le trottoir, mon gros bouquet à la main, que je me suis rendu compte du ridicule de la situation. Comme si les fleurs pouvaient parler pour moi. J'ai fini par les jeter, car ce n'est pas comme ça que je voulais déclarer mon amour.

Je suis incapable de faire pousser des fleurs, à plus forte raison des mots. Mais notre amour, je peux le faire grandir, le faire pousser.

Dans la chair.

Celle de nos enfants.

Notice bibliographique

Les contes suivants ont déjà été publiés : *Comme le vent qui s'écoule entre nos doigts*, dans Brins d'éternité 30, 2011 ; *Une dernière enjambée*, dans Brins d'éternité 27, 2010 ; *L'Ombre à la fenêtre*, dans Brins d'éternité 39, 2014 ; *L'Art secret de la filature*, dans Bilboquet 2, 2005, puis repris dans *L'Arracheur de rêves* en 2008 ; *L'Homme qui faisait pousser les mots*, dans Brins d'éternité 35, 2013.

À propos de l'auteur

Conteur, écrivain, journaliste et père de famille (pas nécessairement dans cet ordre), Pierre-Luc Lafrance est né à Québec en 1979. Il a passé presque toute sa vie dans cette province avant de déménager au Yukon en 2013 avec sa petite famille. Il a écrit sept livres pour adultes et pour adolescents ainsi qu'une quarantaine de nouvelles littéraires qui ont été publiés autant au Québec qu'en France, en Belgique ou en Espagne.

S'il aime bien s'aventurer du côté de la littérature policière, il revient toujours à ses premières amours, la littérature fantastique. Ses contes s'inscrivent d'ailleurs dans ce courant.

On peut le suivre en ligne à arracheurdereves.blogspot.ca